KB114981

서른의 연애

서른의 연애

그리고 그 이후의 이야기

좋은비 지음

챔

차례

서른하나 :
과거를 헤는 나날들

서른의 연애
그 이후의 이야기

첫 번째 책, 〈서른의 연애〉 초판이 출간된 지 3년의 시간이
흘렀다. 책을 통해서 많은 사람들을 만났다. 서점 사이트의
리뷰, 블로그 댓글, 인스타그램 등을 통해서 내 책을 읽은 사
람들의 이야기가 나에게 흘러왔다. 이렇게 누군가 내 이야기
에 귀 기울인다는 사실이 신기하고 반가워 모든 반응들을 빠
짐없이 꼼꼼히 읽었다. 이 소소한 이야기에 공감을 해주는
사람들, 용기와 위로를 받았다고 감사를 표하는 또래들이 있
었다. 그중 일부는 책에 적힌 나의 SNS 주소를 통해 인연을
맺고 일상을 나누는 친구가 되었다. 그리고 그들 대부분이
가장 궁금해하는 것은 이것이었다.

〈서른의 연애〉,
그 이후의 이야기가 정말 궁금하네요.

　책은 끝났지만 당연히도 나의 삶은 계속 이어졌다. 책을 통해 많은 것들이 변했지만, 한편으로 많은 것들은 그대로다. 예전에 내가 글을 쓰기 시작하던 때와 상황이 좀 달라져서 꾸준히 글을 쓰지는 못했지만, 운 좋게도 〈컨셉진〉이라는 멋진 매거진의 제안을 받아 1년이 조금 넘는 시간 동안 정기적으로 기고를 하였고, 덕분에 이 지난한 삶의 호흡 속에서도 점점이 흔적이 되는 글을 남길 수 있었다. 그 글들을 다시 모아서 개정증보판을 내자고 '책비' 대표님께서 말씀하셨을 때 용기를 낼 수 있었던 것은, 내 이야기에 귀를 기울여주고 응원해준 따뜻한 이들 덕분이었다.

　내 글을 발견해주시고, 아껴주시고, 멋진 일러스트까지 더해서 또 다른 모습으로 세상에 내어주신 '책비' 출판사 대표님과 실장님께 진심으로 감사드린다. 대단한 베스트셀러가 아니었음에도 불구하고 이런 기회를 얻을 수 있는 건 나의 첫 번째 독자이자 인생의 멘토로서 그분들이 내 이야기에 귀를 기울여주셨기 때문이다.

누군가 내 이야기를 궁금해한다는 것.
귀를 기울여준다는 것.

어쩌면 우리가 사랑을 하고 연애를 하면서 상대방에게 바라는 것도 이와 별반 다르지 않을 것이다. 소소하고 평범한 한 남자의 이야기지만, 다시 한번 그것이 누군가의 마음에 닿아 위로와 용기가 되는 기적을 꿈꾸어 본다.

연애만 하기엔 너무 늦고

결혼을 하기엔 너무 이른

서른의 연애

어떻게
사랑할 것인가

나는 '서른한 살', '회사원' 그리고 지금은 '솔로'인 평범한 '남자'다. 저 네 단어 외에도 나를 설명할 수 있는 단어는 많다.

하지만 모두가 가장 먼저 물어보는 것이 저 네 가지이다. 슬픈 일이지만 어느덧 나도 저런 단어들로 나를 설명하는 데 익숙해져 가는 중이다.

나에게도 누군가를 사랑하며 연애하던 때가 있었다. 두근 거리던 만남, 가슴 떨린 고백, 행복했던 시간들과 점점 덤덤 해져 가던 일상, 그리고 가슴 아픈 이별에 이르기까지. 누군가 한 번쯤은 가져봤을 사랑의 기억을 가지고 있다.

그리고 또다시 사랑을 꿈꾼다. 이전 연애 막바지에는 혼자 있고 싶다는 생각이 간절했지만, 그렇게 홀로 한 계절을 버티고 나니 누군가 곁에서 따뜻한 온기로 이 겨울을 채워줬으면 하는 마음이 생긴다.

그래서 나는 기록을 한다. 이전 연애를 돌아보며 후회스러운 것들, 부족했던 점들을 남기려 한다. 하여 이다음에 또다시 누군가를 사랑하게 되고 내가 감히 사랑받게 된다면, 이전 일을 반복하지 않고 더 행복해지기 위해서.

'어떻게 사랑할 것인가.'

지금부터 당신이 읽을 이야기들은 '서른한 살', '회사원' 그리고 지금은 '솔로'인 평범한 '남자'의 사랑을 위한 기록이다.

서른하나

과거를 헤는 나날들

나는 왜
　　　사랑하는 사람에게
더욱 잔인했던가

　　　　　　여름휴가 때 부모님과 함께 제주도에 가기로 했다. 요즘은 카드 결제가 일상화되어 있지만, 혹시나 있을지 모를 상황에 대비하기 위해 ATM에 돈을 뽑으러 갔다. ATM기 앞에 서서 메뉴를 선택하는데 갑자기 눈물이 투두둑 하고 떨어졌다. 3년 전, 전 여자친구와 함께 설악산에 갔던 일이 떠올랐기 때문이다.

　더 젊었을 때가 아니면 언제 해보겠냐는 심정으로 여자친구와 함께 설악산 등산을 하기로 했다. 대피소와 숙소 예약 그리고 가는 차편의 비용은 내가 부담하고, 나머지 비용은 여자친구가 부담하기로 하였다.

1박 2일의 고된 등산을 마치고 이틀째 저녁에 백담사 쪽으로 내려왔다. 식당에 들어가 꿀맛 같은 저녁을 먹고 여자친구가 계산을 하려던 참이었다. 문제는 여기서부터 시작됐다. 주인 할머니가 카드 결제는 안 되고 현금만 가능하다고 하셨다. 그런데 여자친구가 가지고 있는 현금이 1만 원 정도밖에 되지 않았다. 내가 가지고 있던 현금과 합쳐도 저녁 식사 값을 다 지불할 수 없었다. 3천 원 정도가 비었는데, 할머니께 죄송하다고, 죄송하다고, 꼭 뽑아서 드리겠다고 사정하고서 식당을 나왔다.

그리고 백담사 버스정류소에 가서 서울로 올라오는 버스표를 끊으려 하는데, 아뿔싸! 여기도 카드 결제가 안 된다는 것이었다. 은행은커녕 현금 인출기를 찾기 위해서는 시내버스를 타고 한참을 나가야 하는데 그 버스표를 끊을 현금조차 없었다.

숙소로 돌아온 나는 여자친구를 다그치기 시작했다. 아니, 어떻게 이렇게 준비성이 없을 수 있냐고. 시골로 여행 오는 거면 당연히 현금을 넉넉히 뽑아 와야 하는 것 아니냐고. 안 그래도 어쩔 줄 몰라 하는 여자친구를 앞에 두고, 나는 표정을 싹 굳히고는 인정사정없이 그녀를 다그치기 시작했다.

결국, 여자친구 부모님께 연락해서 터미널 관리 아저씨 계좌로 이체를 하여 서울로 올라오는 표를 구할 수 있었다.

힘든 산행에 둘 다 지쳐 있던 상황. 나는 여자친구를 감싸주지 않고 '네가 해야 할 일'을 제대로 하지 못했다며 매몰차게 그녀를 몰아붙였다.

여행을 위해 현금을 뽑다 보니 그때의 일이 떠올랐다.

너무나 후회스러웠다. 연애를 하면서 여러 가지 일들로 많이 싸우곤 했지만, 그때 일이 가장 미안했다. 그때, 꼭 그래야 했을까? 그때 나는 왜 더 감싸주지 못했던 걸까?

나는 왜

사랑하는 사람에게

더욱 —— 삼인했던가.

비단 그때만은 아니었던 것 같다. 어쩌다 여자친구가 약속에 늦을 때면 거의 한 시간 정도는 표정을 굳히고 싸늘하게 대했던 나였다. 나 역시 수많은 실수를 했음에도 불구하고 유독 여자친구에게 더 엄격하고 매서웠다. 친구들에게는 넉넉하고 인심 좋은 내가, 가장 사랑하는 사람에게는 그렇지 못했던 것이다.

ATM기 앞에서 바보같이 눈물을 흘리고서는 많은 생각을 했다. 다시는 사랑하는 사람에게 그리하지 않겠다고. 사랑하는 사람의 곤란은 바로 내 것으로 여기고 함께 아파하며 해결하기 위해 노력하겠다고.

두 사람이 '하나'가 되었다는 말이 수사적인 표현에 그치는 것이 아니라, 정말 그렇게 되는 사랑을 하고 싶다. 그 사람의 기쁨은 있는 그대로 나의 기쁨이 되고, 그 사람의 아픔은 있는 그대로 나의 아픔이 되는.

그러면 내가 그 사람에게 잔인해질 수 있겠는가. 그의 실수가 곧 나의 실수이니 말이다.

만약 딱 한 번만 그녀를 다시 만날 수 있다면, 그래서 딱 한마디의 말만 할 수 있다면, 나는 그때 정말 미안했노라고 말하고 싶다.

사랑 앞에서,
　　　　우리 모두는
'호구'가 된다

　　　　　　　　당신이 좋아하는 이성이 있고, 열심히
그 사람의 마음에 들기 위해 노력 중이라고 가정해보자. 보
통 당신이 먼저 시작하는 카톡 대화 중에 그 사람에게 하루
세 번 이상 '감사합니다', '고맙습니다'라는 말을 들었다면 당
신만의 짝사랑일 가능성이 반 이상이다.

　특히 '마음만으로도 감사합니다', '말씀만으로도 고맙습
니다'라는 말을 듣는다면 그 확률은 90%가 넘는다.

　엄청 미안한 말이지만, 당신이 퍼주는 그 모든 것은 '호구
짓'일 가능성이 높다.

　보통 서로 상대방에게 호감이 있으면, 감사함보다는 구체

적이고 직접적인 피드백이 오곤 한다. 그리고 어떻게든 그쪽도 대화를 더 나누고 만남으로 이어가려 한다. 하지만 '감사합니다'로 대화가 끝났다면… 쯧쯧쯧, 안타깝다!

　올여름쯤, 아직 학교에 재학 중인 후배 한 명이 마음에 쏙 들어왔다. 나는 직장인이고 그 친구는 학생이다 보니 내가 이것저것 사주게 되었다. 내 형편에 가장 좋은 음식을 먹고, 내 형편에 가장 좋은 생일 선물을 주고, 만날 때마다 그 친구가 관심 있을 만한 것에 대한 책과 정보들을 주기도 했다. 하지만 언제나 대화의 끝은 '감사합니다', '고맙습니다'였다. 내가 뭔가 더 해주겠다고 해도 '마음만으로도 감사합니다'라는 대답이 돌아왔다.

　짝사랑에 빠져 있는 사람은 지금 그 사람과 내가 어떤 상태인지 잘 모른다. 상당한 시간이 흐르고 나서야, 아무리 내가 그녀에게 잘해주어도 우리가 더 깊은 관계로 이어질 수 없다는 것을 인정할 수밖에 없었다.

감사와 애정,

고마움과 설렘 사이엔

그런데, 그런데 말이다, 그렇게 짝사랑에 푹 빠져 있다 나와 보니 그런 생각이 들었다.

'호구짓 좀 하면 어떤가?'

너무 막무가내의 일방적인 퍼주기로 인해 그 사람이 불편함을 느끼지만 않았다면(매우 중요), 내 마음에 누구보다 충실했던 시간이자 누군가에게 행복을 주기 위해 노력한 시간이지 않은가.

내가 호구였다고 길길이 날뛰며 분해할 일이 아니다.

내가 이만큼 했는데 그 사람이 마음을 받아주지 않았다고 억울해할 일도 아니다. 비록 이루어지진 못했지만, 좋아했던 그 마음만으로도 나에게 좋은 시간이었던 것이다.

그리고 세상에 나만 그런 것도 아니다. 내가 좋아했던 그 사람도 누군가를 좋아하며 퍼주기를 했을 거고, 그 누군가도 또 다른 누군가를 좋아하며 '호구짓'을 했을 것이다. 그러니 억울해할 것 없다.

사랑 앞에서,

우리 모두는 '호구'가 된다.

그것이 당연하고, 그것이 아름다운 것이다.

소개팅 이야기, 하나

: 거절에 익숙해지기

30대 솔로남에게 주어진 사랑의 방식은 크게 두 가지다. 짝사랑이거나 소개팅이거나. 소개팅을 빼면 솔직히 할 말도 많지 않을 정도다.

이십 대 때 나는 소개팅을 해본 적이 없다. 소개팅을 안해도 여자친구가 항상 있었던 것은 결코 아니다. 연애를 안 하거나, 자연스럽게 아는 사람과 연애를 하거나, 둘 중 하나였던 것이다.

하지만 삼십 대가 되어 솔로가 되니 소개팅을 아니할 수가 없게 됐다. 사람을 만난다는 게 그만큼 쉽지 않은 나이다.

첫 번째 소개팅은 올가을, 친척을 통해서 소개를 받았다. 미리 이름과 번호를 받아 카톡 프로필과 페북을 통해 얼굴을 보게 되었는데, 너무너무 예쁜 분이라서 덜컥 하겠다고 해버린 게 화근(?)이었다.

연락을 취해 그 다음 주말에 만나기로 하고 기다리는 동안 소개해준 친척을 통해서 그녀가 어떤 사람인지 듣고, 그녀의 페북과 카스를 통해 그녀의 삶을 조금 엿볼 수 있었다. 나와 고향도 같고, 나이도 비슷하고, 영화나 음악적 취향도 비슷한 것 같고, 심지어 그녀가 '좋아요'를 누른 페이지를 보니 정치적 성향까지 맞는 것 같았다. 나는 만나기 전부터 김칫국을 한 사발 들이켜고 있었다. 소개팅 한 번도 안 해본 놈이 첫 소개팅부터 이렇게 설레발을 쳤으니, 원.

드디어 소개팅 날! 합정역 근처 레스토랑에서 그녀를 만났다. 사진으로만 보던 예쁜 그녀가 내 앞에 앉아 있었다. 당시엔 소개팅을 하면 무슨 말을 해야 하는지도 몰랐기에 그냥저냥 음식을 시키고 그냥저냥 대화를 나누었다. 하는 일은 무엇인지, 어디 사는지, "추석에 고향은 잘 다녀오셨는지요?" 하는 싱거운 말과 함께.

내가 과묵한 편은 아니라 대화가 뚝 끊겨서 엄청 어색해지는 일 없이 식사도 잘하고 후식도 잘 먹었다. 취미도 묻고,

좋아하는 영화도 묻고, 여튼 많은 대화를 나누었던 것 같다.

그녀를 택시 태워 집에 보내고(참고로 나는 차가 없다. 혹시 이게 문제였던 걸까?) 도착했을 즈음 잘 들어갔냐는, 오늘 만나서 반가웠다는 문자를 보내고 하루를 마무리하였다.

첫 소개팅치고 느낌이 나쁘지 않았다. 솔직히 기대했던 것만큼 대단히 두근거리거나 설레는 건 아니었지만, 나름 재미있는 시간이었으니까.

그렇게 하루가 지나고, 애프터를 신청하기 위해 그녀의 일과가 끝나길 기다렸다. 이윽고 저녁 여섯 시가 지나 나는 조심스레 그녀에게 카톡을 날렸다.

일 잘 마무리하셨나요?

그런데 여섯 시면 업무가 끝난다는 그녀가 한 시간이 넘도록 카톡을 확인하지 않는 것이었다. 그래, 아마도 갑자기 야근을 하게 되었거나 다른 사정이 생겼나 보지. 별일 아닐 거야.

이윽고 밤늦게 온 그녀의 답장.

네, 잘 들어왔어요.

네, 수고하셨어요.
혹시 이번 금토일 중에
가능한 시간이 있을까요?

　금요일부터 연휴였기 때문에 상당히 넓은 선택지를 제공했다. 그런데 돌아온 그녀의 답변.

이번 주에 지방에서 친구가 올라와
주말 내내 같이 있기로 해서 어려울 것 같아요.

아… 네, 그렇군요.
알겠습니다.

　그렇다. 거절이다. 굉장히, 전형적인. 두 번도 아니고, 한 번에.

　두 번째 소개팅은, 아는 누나를 통해서 연결이 됐다. 첫 소개팅 충격의 여파가 채 가시기 전이라 처음엔 안 하겠다고 했다. 그런데 이왕 충격 먹은 거 이참에 해치워버리라는 누나의 조언. (이 누나 뭐야?!)
　나의 첫 소개팅 경험을 듣더니 이번엔 예쁜 사람보다는 나와 성향이 비슷한 사람을 소개해준다고 한다. 차분한 성격에, 돌아다니기보다는 집에서 책을 읽거나 영화 보는 걸 더 좋아하는 사람. 나이는 나보다 한 살 많지만, 자기 직업을 가지고 착실히 일하고 있는 여자 분이었다.

그녀에게 연락을 해 바로 그 주말에 광화문에서 만났다. 누나가 이름이랑 페북을 알려줘서 나는 그녀의 얼굴을 알고 있었다. 그런데 참 이상하다고 느낀 점은, 첫 번째 분도 그렇고 두 번째 분도 그렇고 내가 어떻게 생겼는지도 모르고 소개팅에 나왔다는 것이다. 여자들은 왜 그러냐고 여자 동료들에게 물어보니 "어차피 현빈이나 강동원이 나오지 않을 거란 걸 알고 있으니까요."라는 대답을 들었다. 참으로 우문현답이 아닐 수 없다.

어쨌든 그녀와도 첫 번째 소개팅 자리에서 나누었던 비슷한 이야기를 주고받았다. 그분은 말이 조금 느리고 말수가 많은 편도 아니라 대화가 막 술술 풀리는 느낌은 아니었다. 다만 시간이 지날수록 말수도 많아지고, 밥 먹고 차 마실 때쯤엔 '수다'를 떠는 느낌이 들었다.

어쨌든 그렇게 이야기를 나누고 집으로 돌아오는 길. 이때의 느낌을 잊을 수가 없다. 나름 재미있게 놀았는데 정말 아무런 감정이 들지 않았다.

그래도 사람은 한 번 만나서는 모르니까 애프터 신청을

했다. 솔직히 이번엔 기대도 안 했다. 그녀도 나와 비슷한 감정을 느꼈을지도 모르니까.

이번에는 조금 특이하게 같이 영화를 보자고 애프터 신청을 했다. 그녀가 영화 보는 걸 좋아하기 때문이기도 했고, 나도 솔로 된 후에 꽤 오랫동안 영화를 보지 못했기 때문에 극장에 가고 싶었다.

그런데 의외로 그녀가 받아들였다. 허헐, 생애 최초 애프터 성공! 그녀가 가볍고 재밌는 영화를 좋아한다기에 영화 〈인턴〉을 같이 보기로 했다.

그다음 주에 만나서 간단히 초밥을 먹고, 함께 영화를 보았다. 영화가 진짜 재미있었다! 나는 엄청나게 '영화'에 몰입했다. 앤 해서웨이 너무 예뻐. 대박! 로버트 드니로는 정말 멋있어. 나도 저런 직장인 되고 싶다. 아, 스토리 진짜 감동적이야….

이윽고, 영화가 끝나고…

영화 정말 재밌네요.

네, 그렇네요. 잘 봤어요.

네, 저도 덕분에!

그렇게 우린 서로 웃으며 헤어졌다. 그 후로 서로 연락을 하지 않았다. 누가 먼저랄 것도 없이. 그 사람과의 인연은 거기서 끝이었다.

소개팅은 참 특별하고 특이하다. 우리는 소개팅에서 잘 알지도 못하는 사람을 '거절'해야 한다. 누군가를 만나서 거절을 하는 경우는 흔히 비즈니스 미팅이나 면접 상황일 때가 많다. 즉, 소개팅은 '연애'라는 비즈니스를 두고 상대방이 내 연인으로 적합한지 '면접'을 보는 상황인 것이다. 어떻게 보면 너무나 비인간적이고 작위적인 만남이 아닐 수 없다. 그렇기에 잘 거절하는 것이 매너이고, 또 그런 거절에 익숙해져야 하는 것이 소개팅이기도 하다.

이런 만남에 익숙해질 수 있을까? 이런 만남을 통해 내가 평생을 함께할 사람을 만날 수 있을까? 나는, 나라는 사람 자체가 이성으로서 거절당하는 이 상황에 과연 적응할 수 있을까?

아무리 생각해도

소개팅은 참 어렵다.

오늘보다
　　　내일 더
행복한 연애를 꿈꾼다

형은 연애하면서 언제가 제일 행복했어요?

글쎄, 아마도 사귀기 직전에 썸 타던 시기 아닐까?
그땐 정말 두근두근 설렘 장난 아니잖아!

많은 사람들이 이 말에 공감할 것이다. 연애를 시작하기 직전. 서로의 마음이 어떤지 몰라 불안 불안하지만 뭔가 좋은 느낌이 오가고, 그 사람에 대해서 조금씩 조금씩 더 알아가게 되고, 그 사람이 던진 한마디 한마디가 큰 울림이 되는 시간들.

어떻게든 더 멋진 모습을 보이고 싶고, 행여나 그 사람의 문자를 놓칠까 봐 폰을 붙들고 살고, 그 사람과 문자를 주고받을 때면 웃음을 감출 수 없어 금방 주위 사람들에게 들통이 나는 그런 시기. 확신이 없기에 더욱 간절하고, 불안하기에 더욱 짜릿한 바로 그때.

하지만 연애를 시작하게 되면 모든 관계는 익숙함에 물들게 되고, 이전에는 설레던 것들이 갈수록 무덤덤해지고, 내가 들이는 노력들도 조금씩 줄어들게 된다.

그러다가 새로운 자극에 눈을 돌리게 되고, 관계는 무너지고, 결국 이별을 경험하게 된다. 그리고 또다시 최고의 설렘, 익숙함, 무덤덤, 이별. 무한 반복이다.

아직 난 경험해보진 않았지만, 그 익숙함을 받아들여 계속 연애를 하다가 결혼을 한다고 해도 크게 다르지 않은 것 같다.

같이 사는 재미에서 오는 신혼의 달콤함도 잠시. 내 몸처럼, 공기처럼 서로가 익숙해져 아무런 떨림도 없는 사이가 되고, 그러다 아기가 태어나면 배우자보다는 아이를 돌보는 데 모든 것을 쏟아붓게 된다.

정 때문에, 아이들 때문에 살지만 정말 둘 사이에 사랑이 넘치는 관계가 지속되는 경우는 흔치 않은 것 같다. 결혼 생활 5년이 넘은 선배들치고 빨리 결혼하라는 사람이 없는 걸 보니 다들 그렇게 비슷하게 사는 듯하다.

나도 그렇게 연애를 했었다.

다시 사랑하게 된다면 정말 독하게 마음먹고 꼭 해보고 싶다.

오늘보다 내일이 더

행복한 연애.

인간은 무조건 동일한 감각이 지속되면 질리기 마련이다. 그렇기 때문에 지속적으로 설레고 두근거리기 위해서는 새로움에 대한 각고의 노력이 필요하다.

연애하는 데 꼭 그렇게까지 할 필요가 있냐고 반문할 수도 있다. 하지만 직장에서는 아침부터 저녁까지 창의적이고 새로운 생각을 하기 위해 노력하는데 사랑하는 사람을 위해서 그만큼의 노력을 하지 않는다는 것도 웃긴 일이다.

따끈따끈한 이야깃거리, 같이 공유할 수 있는 취미, 함께 떠나는 여행, 갑작스러운 선물, 나름대로의 변화와 변신, 틈틈이 찾아가는 새로운 맛집, 야식을 좋아하는 그녀를 위한 새로운 레시피….

노력하지 않고 사랑을 유지하려는 생각 자체를 내려놓고, 가장 어렵고 많은 노력이 들어가는 것이 연애임을 잊지 말아야지.

그리하여 언젠가 내가 정말 사랑하는 사람과 결혼하게 된다면, 결혼식장에서 꼭 말하고 싶다.

오늘부터 이 사람을 더 행복하게 해줄 거라고.

내일이 오늘보다 더 행복하게 만들어줄 거라고.

그래서 10년 후에도 나와 함께할 20년 후가 더 행복할 거라고 믿게 만들어줄 거라고.

헤어진
　　　사람에게

　　　　　　　어느 날 갑자기 다가왔다가, 어느 날 갑
자기 떠나버린 사람이 있었다. 나는 준비할 시간조차 없었기
에 너무나 큰 충격을 받았다. 그녀의 태도는 단호했다. 그만
만나자고 이야기를 하고, 더 이상 연락하지 말라고 했다. 연
락해도 답하지 않을 거라고.

　　나의 일상은 완전히 무너져 버렸다. 공부를 하고 있다가
도 갑자기 화가 치밀어 올랐고, 친구와 밥을 먹다가도 불현
듯 슬픔이 몰려왔다. 마음을 다스리기 위해 김애란의 소설을
읽고, 롤러코스터의 노래를 들었다. 갑자기 감정이 북받쳐 오
를 때면 바닥에 앉아 기도를 했다. 내 마음을 가만히 돌아보

면서, 이 마음이 가라앉기를 기다릴 수밖에 없었다.

당연히 너무너무 그녀에게 연락하고 싶었다. 붙들고 싶었다. 혹은 화를 내고 싶었다. 원망하고 상처 주고 싶었다.

하지만 그녀의 단호함은 그것조차 할 수 없게 만들었다. 수십 번도 더 그녀의 연락처를 누를까 말까 망설였지만, 결국 그녀에게 연락하지 않았다.

그렇게 시간이 흘렀다. 시간을 이기는 감정은 없었다.

조금씩 내 일상을 찾았고, 내 삶을 더 열심히 살았다. 그녀가 다른 남자를 만난다는 소식에 또 며칠 죽을 듯이 아팠지만, 그래도 그것조차 흘려보낼 수 있었다. 나는 나대로, 그녀는 그녀대로의 삶을 살아내고 있었다.

딱 1년이 지난 어느 날, 전혀 예상치 못한 공간에서 우연히 그녀를 만났다. 그녀의 뒷모습을 보는 순간 나는 너무나 놀라서 숨이 멎는 줄 알았다. 아르바이트를 하고 있던 학원이었는데, 그녀도 내가 그곳에서 일하고 있다는 사실을 자연스레 알게 되었다. 1년 만에 그녀에게서 연락이 왔다.

그로부터 며칠 뒤가 그녀의 생일이었다. 그 전날 그녀와 다시 만나 밥을 먹고 간단히 맥주를 마시며 그간의 이야기를 나누었다. 지난 시간 동안 어떻게 살았는지, 그때 내가 얼마나 힘들었고 괴로웠는지…. 그래도 지금은 괜찮다고, 네가 연애하는 것도 다 알고 있다고 말할 수 있었다.

그녀는 많이 미안했다고 말했다.

우리는 그렇게 술잔을 기울이며 그간 서로에게 가졌던 감정의 짐을 조금씩 덜어냈다.

그 뒤로 우리는 가끔 만나서 많은 이야기를 나누곤 했다.

그녀는 끊임없이 누군가와 연애를 했고, 나도 나름대로 좋아하는 사람을 만나고 연애를 했다. 우리는 서로를 너무나 잘 알고 있었다. 그녀는 최고의 연애 코치이자 인생의 상담사였다.

그녀와 다시 잘되거나 하지는 않았다. 솔직히 말해서 거의 5년이 지난 시점에 그녀와 다시 시작할 수 있는 기회도 있었다.

하지만 그때는 내가 그 기회를 잡지 않았다. 결국 그녀는 좋은 사람을 만나 결혼을 했고, 나는 진심으로 그녀의 결혼을 축하해 주었다.

헤어졌을 때, 특히 아직 감정이 남아 있는 상태에서 원치 않게 차였을 때 우리는 감정을 주체하지 못하고 상대방에게 실수를 하곤 한다. 울면서 매달리기도 하고, 계속 연락하기도 하고, 화를 내거나 모진 원망의 말들을 쏟아내기도 한다.

견디기 어려운 일인 건 분명하다. 하지만 정말 감정이 남아 있다면, 다시 그 사람과 잘해보고 싶은 마음이 있다면, 차라리 그 미친 듯이 흔들리는 시간 동안만큼은 그 사람에게 연락하지 않는 게 낫다.

사람의 마음이라는 건 언제나 변화할 수 있다. 지금 당장 움직이지 않을 것처럼 차갑고 무거워도 인간인 이상 변화의 가능성이 없는 마음이란 없다. 헤어지자고 말한 사람도 많이 아플 것이고, 아마도 갈등하고 있을 것이다. 아니라는 확신이 100%인 마음은 없다.

하지만 헤어지고 난 뒤에 상처를 준다면 헤어짐의 확신은 100%에 가까워진다. 바보 같은 일이다. 오히려 본인이 이루고자 하는 바와 정반대의 결과를 낳을 뿐이다.

헤어진 사람과 다시 사귈 수 있다. 그런 일은 수도 없이 벌어진다.

누군가는 "한 번 헤어진 사람과는 똑같은 이유로 언젠가 헤어지게 된다."라고 말한다.

나는 반대로 이렇게 말해주고 싶다.

한 번 만났던 사람과는
똑같은 이유로
언젠가 다시 만날 수 있다.

이별의 이유가 크다 한들 사랑의 이유 역시 그보다 작지 않다.

그러니 우리는, 나를 차버린 사람에게 상처 주는 것을 멈춰야 한다.

상처 줄 게 뻔하다면 그냥 연락하지 않는 편이 낫다.

내 인생에 잊지 못할 행복을 안겨준 사람이지 않은가.

언젠가 또다시 사랑하게 될지도 모르지 않은가.

주체할 수 없는 감정이 상대방에게 상처를 주는 일만큼은 막도록 하자.

그 사람을 위해서, 또 나를 위해서.

"저는 와이프랑 9년 연애하고 결혼했어요. 여자친구는 툭하면 별 이유도 없이 '헤어져' 그랬는데, 제가 잘 달래서 결혼까지 하게 되었지요.

군대에 갔을 때도 아침에 일어나서 전화하고, 점심때 전화하고, 저녁때 꼭 전화를 했어요. 입대 첫날도 훈련소 들어가면서 공중전화가 어디 있는지 잘 살펴놨다가 그날 저녁에 전화를 했어요. 훈련소에서 전화하기 어렵잖아요?

그래서 마치 부대 고참인 척하며 전화를 했지요.

아침에는 거의 자면서 전화를 받았어요. 나중에는 전화 안 하면 왜 안 하느냐고 화를 내더라구요.

그렇게 9년을 연애하고 나니까 '아, 이 여자는 내가 책임 져야겠다'는 생각이 들더라구요. 그래서 잘 구슬리고 타일러서 결혼하게 되었습니다.

너무 오래 연애를 했기 때문에 권태기도 빨리 왔어요.

결혼하고 1년 반쯤 지나니까 권태기가 오더라구요. 그땐 정말 심각해서 갈라설 뻔했어요.

그런데 그 권태기가 지나고 나니까, 너무 좋아요. 그제야 그 사람을 온전히 알아가는 느낌이랄까? 여튼 연애 때와는 또 다른 기쁨이 있어요. 그래서 지금까지 저는 와이프가 너~무 좋고, 생각만 해도 막 떨려요.

여러분은 어떨지 모르겠지만,

지금도 가끔…

와이프가 너무 보고 싶어서

일찍 퇴근하고 싶을 때가 있어요."

부서 주간 미팅 시간. 신혼도 아니고 결혼한 지 10년도 훨씬 넘었을 사십 대 초중반의 부장님께서 하신 말씀이다. 보통 저 나이쯤 되면 부부 생활이 지루함을 넘어서 마지못해 같이 사는 지경에까지 이르는 경우가 많은데, 부서 간담회를 하며 담담히 들려주신 부장님의 사랑 이야기에 나도 잠깐 설레었다.

함께한 지 20년에 넘었어도 아직도 그 사람과 같이 있으면 떨린다는 말. 와이프가 보고 싶어서 일찍 집에 가고 싶다는 말.

사십 대 초중반의 남자에게서 나온 말 중에 그보다 '섹시한 말'이 또 있을까?

그 사랑이, 나도 조금은 닮고 싶어졌다.

소개팅 이야기, 둘

: 그럼에도 불구하고

앞선 글에 썼듯이 소개팅은 정말 어려운 것이다. 그럼에도 불구하고 오늘도 난 주위 사람들에게 소개해줄 만한 사람 없냐고 묻는다. 아무리 사정없이 까이고, 때로는 시간이 아깝고, 소개팅으로는 좋은 사람 만나기 힘들다는 생각이 들어도, 다음 연애가 시작될 때까지 소개팅을 계속할 것이다.

왜냐고?

첫째,

친구나 지인에게 고백하는 것은 너무 위험한 일이다.

학교나 직장, 공동체를 통해서 이미 알고 있는 이성이 있다고 치자. 그런데 솔로가 되고 나서 이래저래 생각해보니 그 사람이 참 괜찮아 보인다. 그렇다고 해서 그 사람과 친구나 지인으로 별탈 없이 잘 지내고 있는 도중에 고백을 하는 것은 너무나도 위험한 짓이다. 물론 어느 날 갑자기 뜬금없이 고백하지는 않을 것이다.

나름대로 분위기도 잡아보려 하고, 몇 번이라도 더 보기 위해서 약속도 잡고, 연락도 자주 할 것이다. 아주 운이 좋다면, 간혹 그쪽에서 먼저 연락이 올 수도 있다.

그래도 착각해서는 안 된다. 이 착각이 모든 실수의 시작이다. 그 사람에게 나는 '이성적 호감'의 대상이 아닌 그저 '더 친한 친구'가 되었을 뿐이다.

여기서 자기감정을 이기지 못하고 고백을 하면 문제가 심각해진다. 친구나 지인에게 고백하는 것은 아주 작은 확률의 엄청난 성공(=연애)을 위해 매우 큰 확률의 폭망(=관계의 단절)을 감수하는 행동이다.

지금껏 꽤나 오랜 시간 동안 쌓아온 그 사람과의 관계가 무너짐은 물론이고, 그 사람을 둘러싼 인간관계, 공동체 전체와의 불편함도 따라온다. 우리의 관계 범위라는 것이 넓어봤자 얼마나 넓겠는가? 그렇게 한두 개의 관계만 무너져도 나의 인간관계는 완전히 제한된다.

드라마에서는 오랫동안 알고 있던 사람과 어느 날 갑자기 분위기가 확 타올라서 로맨틱한 연인 관계가 되기도 하지만, 현실에서는 그런 일 거의 없다. 지금껏 연애를 한 사람들은 대부분 만난 지 2~3개월 내에 서로의 마음을 확인한 경우이다. 그 '골든타임'이 넘어갔다면 절대 고백해서는 안 된다.

흔들리지 마라, 제발. 이 멍충한 '나' 넘아!!

둘째,

사람을 만날 기회가 없다.

이건 이십 대 중반을 넘긴 사람이라면 누구나 공감할 이야기라서 길게 말할 것도 없다. 호감이 가는 이성이 없다고 직장을 옮기랴, 평생 다닌 교회를 옮기랴. 학원에서는 공부나 해야지, 괜찮은 사람 없다. 친구랑 한잔하는데 어쩌다가 부른 이성은 또 다른 친구가 될 뿐이다.

물론 당신의 매력이 어마어마해서 만나는 이성들마다 당신에게 꽂힌다면 뭐 굳이 많은 기회가 필요도 없겠지만.

확실히 나는 그렇지 않다. (기회가 없는 게 아니라 내가 문제인 건가?)

셋째,

최고의 스펙은?

당연한 말이지만, 상대방이 어떤 사람인지는 매우 중요하다. 어떤 직업을 가지고 있는지, 어떤 가정환경에서 자랐는지, 좋아하는 것은 무엇이고, 취미는 무엇인지.

그런데 지금 나에게 가장 중요한 스펙은 바로! 그 사람이 '현재 솔로이고, 연애할 의사가 있다'는 사실이다.

이 스펙을 가진 사람, 생각보다 만나기 어렵다. 그런데 소개팅에서는 놀랍게도 가장 중요한 스펙을 갖춘 이성이 내 앞에 앉아 있다. 나에 대해 아무것도 모르고 나왔을 수도 있다.

그래도 내가 그녀에게 '좋은 사람'으로 최종 인식되면 사귈 수 있다는 가능성만으로도 엄청나게 큰 기회인 것이다.

바로 이런 이유들로 나는 여전히 소개팅을 하고 있다.

가끔은, 어떤 친구를 보며 이런 생각을 한다.

'차라리 저 사람이랑
　　　소개팅으로 만났더라면
　　　　　　더 —— 좋았겠다.'

이십 대 때는 몰랐다. 친구라는 이성들과의 관계가 오래

갈 줄 알았다. 그래서 그냥 지금 좋으면 친구로도 충분하다고 생각했다. 하지만 삼십 대가 되면서 깨달았다.

그녀들과의 관계가 얼마 남지 않았음을. 아무리 친했던 친구도 '결혼'이라는 관문을 통과한 후에는 친구라는 관계를 이어갈 수가 없었다. 청첩장을 주는 자리에서는 쿨하게 "결혼하고도 보면 되지!"라고 말하지만, 나는 그 자리를 마지막으로 그녀를 아주아주 오래 못 볼 것이라는 사실을 인정할 수밖에 없었다.

특히 오랜 시간 정말 친했던 친구가 소개팅을 해서 몇 번 만나보지도 않은 사람과 결혼한다고 했을 때, 그 박탈감이란 이루 말할 수가 없다.

그래서 정말 좋은 사람이라면 차라리 소개팅으로 만났더라면 어땠을까 하는 생각을 한다. 물론 소개팅이 성공할 확률은 매우 낮고, 그녀와 쌓은 그간의 좋은 기억들은 없었을지도 모른다. 하지만 이렇게 옅어져 버릴 거라면, 더 깊은 관계로 나아갈 수 있는 0.1%의 가능성에라도 부딪혀 보는 게 낫지 않았을까? 차라리 소개팅으로 만났더라면, 우리가 더 깊은 관계를 맺을 수 있지 않았을까?

주저리주저리 말이 많았지만, 어쨌든 결론은 소개팅은 정말 좋은 기회라는 사실. 내가 누군지 듣고, 내 사진을 보고도 그 자리에 나와 주신 분은 정말 고마운 사람이라는 것.

혹시나 내 앞에 앉아 있는 이 사람의 진면목을 눈치채지 못하는 일이 없도록, 그 시간을 귀하게 여겨야지!

그러니 좋은 사람 있으면, 소개 부탁해요!

아직
      차가 없는 이유

"빨리 차를 사야지~

그래야 여자친구가 생길 거 아냐."

요즘 주위 선배 형들로부터 많이 듣는 말이다.

그렇다. 내 나이 서른하나, 직장 생활 5년 차. 하지만 나는 아직 차가 없다.

솔직히 차가 없어서 불편한 것은 없다. 회사는 걸어서 십 분 거리에 있다. 회사가 멀리 있었어도 수도권에서는 출퇴근 시간에 운전을 하는 것보다 대중교통이 빠르고 편하다. 주말에 딱히 어딜 많이 돌아다니지도 않는다. 역시나 수도

권이라면 주말 도심의 교통 체증을 뚫고 운전하느니 대중교통이 낫다.

연애할 때는 자주 교외로 놀러 나갔다. 일찌감치 카쉐어링을 애용한 덕분에 필요할 때만 차를 빌려서 썼다. 집에서 아주 가까운 공간에 카쉐어링 존이 있기 때문에 마치 내 차처럼 한 달에 두세 번씩 쓰곤 했다. 그마저도 솔로가 된 이후로는 딱히 쓸 일이 없다.

다만 차가 없어서 좀 쑥스러울 때는 소개팅을 나갔을 때다. 소개팅이 다 끝나고, 머쓱하게 아직 차가 없다고 말하게 된다. 멋진 차가 있어서 집까지 모셔다 드릴 수 있다면 정말 좋을 텐데 그러지 못하는 것이 좀 미안하다.

하지만 차가 없기 때문에 내가 별로라고 생각하는 사람이라면, 그 사람은 나랑 맞는 사람이 아님에 분명하다.

돈이 없어서 차를 안 산 건 아니다. 엄청 잘 버는 전문직은 아니지만 직장 생활을 하면서 알뜰살뜰 돈을 모아왔다. 대단한 차를 살 정도는 못 되어도 딱 삼십 대 초반의 형편에 맞는 차 한 대 살 정도의 돈은 있다.

남자들은 기본적으로 차에 관심이 많다. 나라고 왜 아니겠는가? 네이버, 다음의 자동차 섹션을 매일 들여다보며 어떤 차가 새로 나왔는지, 리뷰는 어떤지 거의 모든 기사를 읽어본다. 실제로 너무 마음에 드는 차가 있어서 구매 사인을 하기 직전까지 갔던 적도 있었다. 하지만 결국 나는 지금껏 차를 사지 않았다.

나이를 먹다 보니 어쩔 수 없이 결혼이란 걸 생각하게 된다. 그리고 결혼에는 제법 많은 비용이 들어감을 부정할 수 없다. 내가 만약 경제적으로 넉넉한 사람을 사랑하게 되면 상관없겠지만, 아직 학생이거나 수입이 없는 사람을 사랑하게 된다면 내가 모아놓은 돈으로 우리의 결혼 생활을 시작해야 한다. 지금 이 시점에 수천만 원이 들어가는 차를 덜컥 사버리면 결혼을 위한 자금이 부족해질 수도 있다. 혹시나 그것이 나의 사랑과 결혼을 결정하는 데 조금이라도 영향을 끼치는 것이 정말 싫다. 그래서 나는 여태 차를 사지 않고 있다.

나는
모든 것에 제약을 받더라도,
사랑만큼은 ——
자유롭게 하고 싶다.

그 자유를 위해서, 지금 욕심부리지 않고, 담백하게 살기 위해 노력한다.

내가 사랑하게 되는 사람이 혹여 돈 한푼 없더라도, 사랑 이외에 다른 이유들로 흔들리지 않았으면 한다. 돈과 배경이 좋은 것보다는 그 사람이 얼마나 좋은 사람인지 판단할 수 있을 만큼의 여유가 있었으면 한다.

경제적인 문제는 정말 중요하다. 그래서 내가 더 준비되어 있고자 한다.

그러고 나서 차를 살 생각이다. 그 사람과 내 형편에 딱맞는 가장 예쁜 차. 우리가 함께 가서 이것저것 살펴보고 너무 행복해서 고른 차. 집도, TV도, 장식장도, 식탁도, 찻잔도. 지금 내가 갖고 싶은 것보다는 우리가 갖고 싶은 것을 함께 찾고 싶다.

그래서 나는 아직 차가 없다.

혼자가 되니
　　더 좋아진 것들

○○야~

응? 형!!!!

오랜만에 본사로 외근을 나갔다가 입사 동기 형을 만났다.
연수 때는 친했지만 그 뒤로 그렇게 자주 연락한 사이도
아니었다. 그런데 그 형이 나를 불렀을 때, 나는 뒤돌아 형을
알아보고는 손을 덥석 잡고 그대로 꽉 끌어안았다. 형도 당
황했지만 나도 적잖이 당황했다.

'엇, 왜 이렇게 반갑지?'

서른하나에 경험한 이별. 6년이 넘었던 연애의 끝자락에서 나는 모든 것들이 버거웠다. 끝없이 소모되는 감정, 가라앉을 대로 앉아버린 마음으로 인해 세상의 모든 것이 회색으로 보였다. 연애를 유지하는 것도 힘들었고, 연애를 끝낼 용기도 나지 않았다. 무엇을 해도 즐겁지 않았다. 좋은 일이 있어도 기쁘지 않았다. 슬픈 일에도 시큰둥했고, 타인의 아픔에 마음을 쓸 여력이 없었다. 문제는 그런 시간이 꽤 길었다는 것이다.

큰 용기를 내 연애를 끝내고 한동안은 아무것도 하지 않았다. 아무도 만나지 않고 그저 회사와 집만 오갔다.

누군가와 연락하는 게 피곤해 집에 오면 핸드폰을 꺼버린 적도 많았다. 지칠 대로 지쳐버린 마음을 쉬고 싶었다. 이별의 슬픔조차 느껴지지 않을 정도로 내 마음에는 기운이 없었다.

그렇게 몇 달이 지나고 나서야 나는 처음으로 눈물을 흘렸다. 마음이 한 번 꿈틀하고 나니, 모든 감정이 한꺼번에 쏟아졌다.

그제야 나는 슬펐다. 이별이 슬펐다. 힘들었던 내 연애가 슬펐다. 그 사람과 더 이상 함께할 수 없다는 것이 슬펐다. 그 사람에게 잊을 수 없는 상처를 주었다는 것이 슬펐다. 내가 혼자라는 것이 슬펐다. 그 누구도 자기 전에 나를 생각해주지 않는다는 사실이 슬펐다. 함께 들었던 노래가 슬펐다. 그녀가 주었던 책이 슬펐다. 함께 갔던 집 앞 카페가 슬펐다. 그녀와 먹었던 김밥이 슬펐다. 그녀가 좋아했던 소국 한 다발이 슬펐다. 그녀라는 흔적이 묻은 모든 것들이 한 번씩 내 마음을 쾅쾅 누르고 갔다.

그리고 동시에 오랫동안 잊고 있던 다른 감정들도 하나둘 떠올랐다. 가장 먼저 떠오르는 감정은 '그리움'이었다.

여자친구와 연애를 하면서 챙기지 못했던 친구들이 보고 싶어졌다. 그래서 내가 보고 싶은 사람들의 이름을 한 명 한 명 적고 직접 연락을 했다. 대부분 6~7년 만에 만나는 친구들이었다. 안타깝게도 아예 연락이 안 되는 친구도 있었지만, 그래도 정말 보고 싶었던 친구들을 많이 만났다.

나? 그냥 뭐 꾸준하고 무난하게 회사 다니고 있지.
난 그렇게 업다운이 심한 성격은 아닌가 봐.

무슨 소리야? 너 되게 예민한 애였는데.

오랜만에 만난 몇몇 친구들에게서 예전의 나에 대해 저런 말을 많이 들었다. 내가 예민하고 감정이 풍부한 사람이었다는 사실. 오랜 연애와 직장 생활로 인해 세상 모든 것에 덤덤해진 나였는데, 내가 원래 그런 사람이 아니었다는 걸 정말 오랜만에 듣게 되었다.

시간이 지나자 세포 하나하나가 깨어나듯이 가라앉아 있던 감정들이 하나씩 떠오르는 것을 느낄 수 있었다.

김훈 작가의 글을 읽으며 마음속 깊이 감탄했고, 이석원의 산문을 읽으며 마음의 동요를 느꼈다.

〈응답하라 1988〉을 보며 가슴 설레는 사랑에 아련해졌고, 함께 보는 〈이터널 선샤인〉과 혼자 보는 〈이터널 선샤인〉이 완전히 다른 영화라는 사실도 깨달았다.

세상 모든 이별 노래가 내 이야기 같고, 세상 모든 사랑 노래가 내 이야기였으면 했다.

어느 강연에서 들은 시 한 구절이 마음속 깊이 꽉 박혀 밤잠 이루지 못한 날도 있었다.

혼자가 되었기에, 아직 내 곁에 있는 사람들이 얼마나 소중한지 깨닫게 되었다. 퇴근 후에는 문자 한 통 오지 않는 날도 많아서 친구와 카톡을 하다가 내게 잘 자라고 인사해주는 것이 얼마나 고마운 일인지 새삼 느꼈다.

　가족들과 함께하는 시간이 늘었다. 직장을 얻고 처음으로 엄마와 여동생과 함께 여름휴가를 보냈다. 엄마에겐 15년 만에 가는 제주도였다. 지난번에 왔을 때는 엄마가 모든 것을 챙겨주셨지만, 이번에는 나와 동생이 엄마를 챙겨드렸다. 엄마는 소녀처럼 어색해하고 즐거워하셨다.

　나에게 투자하는 시간이 늘었다. 제대로 된 취미를 찾기 위해 이것저것 시도해보았다. PT도 받아보고, 복싱 학원에도 등록하고, 댄스 강습도 받아봤다. 다음 달에는 요가와 필라테스를 해볼 생각이다. 더 멋지고 건강한 내가 되고 싶어졌다. 나 자신을 더욱 아끼고, 더 가꾸고 싶어졌다. 이렇게 혼자가 되니 더 좋아진 것들이 참 많다.

　무엇보다도,

　　글을 쓰게 되었다.

　부족함이 없는 마음에선 좋은 것이 나오지 못한다. 글을 비롯한 모든 아름다운 것들이 다 마찬가지다. 갈구하는 마음, 불균형, 결핍에서 쏟아져 나오는 것들에 더 깊은 울림이 있다.

　마침 '브런치(brunch)'라는 좋은 플랫폼이 있어, 내 마음속에서 울리는 문장들을 누군가와 나눌 수 있어 행복했다.

혼자가 된 지금이, 글을 쓰기에 가장 좋은 때이다. 그래서 나는 다음 사랑이 시작될 때까지 더 열심히 글을 쓸 생각이다.

아 ——— ,

빨리

절필 선언하고 싶다!

결혼식은
　　　참으로
곤란한 것

이렇게 추운 날 결혼식을 하네.

한 살 더 먹기 전에 장가가고 싶었나 보지, 뭐.

올해의 마지막 결혼식에 다녀왔다. 결혼식장이 몰려 있
는(?) 동네에 사는 덕분에 거리상으로 멀지는 않았지만, 불편
한 옷과 신발을 신어야 한다는 사실 때문에 여전히 번거롭다.
오직 결혼식에 갈 때만 입는 이 녀석들을 옷장에 잘 모셔두며
생각했다. 이제 다음 봄에야 보겠구나. 그동안 수고했다.

그렇다. 올해도 참 많이들 갔다. 나이가 나이니만큼 몇 년

전부터 많은 청첩장을 받아왔는데 올해가 가장 많았다. 올해 받은 청첩장만 열다섯 장이 넘었다. 열다섯 명의 지인이 평생의 짝을 만난 것이다. 요즘 같은 세상에, 정말 기적 같은 일이다.

그런데 나는 결혼식에 가는 걸 좋아하지 않는다. 그냥 좋아하지 않는 게 아니라 싫어한다. 싫어하는 정도가 아니라 두려워한다. 열다섯 개가 넘는 초대 중에서 내가 직접 찾아가 끝까지 있었던 결혼식은 딱 네 개였다. 이것도 대단히 많은 수치다. 그전까지는 1년에 한두 개 정도였다.

보통 나는 청첩장을 주기 위해서 보자고 연락이 오면, 미안하지만 다 같이 만나기보다 잠깐이라도 따로 보자고 한다.

그리고 그 자리에서 축하 인사를 건네며 축의금을 준다. 그런데 그렇게 직접 만나서 축의금을 주면 보통 금액을 더 많이 넣어야 한다. 봉투가 뭉텅이로 있을 때야 잘 드러나지 않지만 따로 주면 바로 보이기 때문에 신경이 쓰일 수밖에 없다.

그럼에도 불구하고 그렇게 직접 보자고 하는 이유는, 결혼에 대해서 그 사람에게 직접 전해 듣고 내 축하를 진지하게 전달하고 싶기 때문이다. 내가 그 혹은 그녀의 친구로서 가장 하고 싶은 것이다. 이것이 결혼식에서 가능하다면 결혼식장에 가서 하면 된다. 하지만 지금의 결혼식 문화에서는 불가능하다.

예전이나 지금이나, 나에게 결혼식은 참으로 곤란한 것이다.

내가 결혼식에 가는 것을 두려워하는 가장 큰 이유는 그곳에서 깊은 '소외'를 느끼기 때문이다. 결혼식에서는 참석하는 하객들 사이에 위계가 정해진다. 결혼을 하는 당사자를 중심으로 가족, 친지, 부케를 받고 드레스룸에 같이 있을 정도로 친한 친구들, 적당히 친한 친구들, 동료라서 어쩔 수 없이 온 사람들, 신랑 신부랑은 난생처음 보는 부모님의 손님들…. 신랑과 신부와의 개인적인 관계는 온데간데없어지고, 적당한 나의 위치를 받아들이며, 적당히 앉아 있다가 밥을 먹고 나와야 한다.

어느 결혼식장에는 그 위계를 보다 명확히 보여주기 위해 자리 배치까지 정해져 있기도 하다. 앞에서부터 '친한' 혹은 '중요한' 순서대로 놓여 있는 팻말에 맞춰 앉아야 한다. 내가 뭐 대단하고 특별한 사람이고 싶다는 건 아니다. 하지만 결혼식에서 확인할 수 있는 건, 정말 축하하고 싶은 그(녀)와의 인간적인 관계가 아닌 내 위치에 대한 규정뿐이다.

더욱이 내가 축하하고자 하는 신랑 신부와 말 한마디 나누지 못하는 경우가 대부분이다. 나중에 물어보면 내가 왔는지조차 기억하지 못하는 경우도 있다. 결혼식은 그야말로 '의례'일 뿐 그 안에서는 어떤 '관계 맺음'도 이루어지지 못한다. 그 둘은 어떻게 사랑하게 되었고, 어떤 마음으로 결혼을 결심하게 되었는지, 나는 얼마나 그들을 축복하고 축하하는지, 그 어느 것도 소통이 되지 않는다. 그런 자리에 내가 있어야 할 이유가 무엇인지 의아할 때가 많다.

그러다 보니 언젠가부터 결혼식이란 축의금을 내기 위해서 가고, 돈을 냈으니 밥이라도 먹고 오기 위한 자리가 된 것 같다.

식은 보지도 않고 사진 한 장 찍고 바로 식당으로 가서 밥 먹고, 신랑 신부에게 인사 한마디 못하고 돌아오는 것이 지금 우리 결혼식장의 풍경이다.

하객에게뿐만 아니라 당사자에게도 결혼식은 참으로 곤란한 것이다. 내가 직접 해보지 않아서 다 알진 못하지만, 결혼식을 준비하는 친구들을 보면 대부분은 기대와 기쁨보다는 부담과 스트레스에 시달린다. '스드메'로 대표되는 결혼의 코스들, 청첩장을 돌리고 친지들에게 인사를 드리는 시간들, 그날 하루를 위해 사용하는 막대한 비용까지….

결혼식 당일을 위해서 미친 듯이 다이어트를 한다. (상대적으로 덜하겠지만 남자들도 다이어트에 대한 스트레스를 많이 받는다.) 당일 새벽같이 메이크업을 받고, 식장에 와서 정신없이 사람들과 만나고, 사진을 찍고, 식장에 들어간다. "웃으세요~ 웃으세요~" 하는 매니저와 사진사의 말에 얼굴에는 경련이 일어날 지경이고, 불편한 구두를 신고 서 있느라 다리에는 쥐가 나려고 한다. 폐백까지 겨우 다 끝나면 그제야 어렴풋이 정신이 돌아온다. 사랑하는 사람과 결혼을 했다는 기쁨을 만끽할 정신적, 체력적 여유는 온데간데없고 어쨌든 잘 끝났다는 안도감에 지쳐 쓰러진다고 한다. 이것이 당사자들이 경험하는 우리네 결혼식 문화다.

모든 결혼식이 다 그렇다는 것은 아니다. 결혼식이 너무 재미있었고 행복했다는 사람들도 있다. 하지만 그쪽이 소수이다. 다수에게 결혼식은 설레고 빨리 왔으면 하는 축제가 아니라 빨리 치러버렸으면 하는 무거운 시험과 같은 것이 되어버린 지 오래다. 이런 이유로 결혼식에는 '곤란하다'라는 표현이 어울리는 듯하다.

곤란하다. 안 하겠다는 것은 아니지만, 하는 건 참 어렵고 부담스럽다.

세상의 모든 결혼을 축하하고 축복한다. 나는 오랜 연애에도 불구하고 결국 결혼이라는 결심을 내리지 못해서 그녀와 헤어졌다. 헤어지고 나니, 평생을 함께 살겠다는 결심을 한다는 것이 얼마나 대단한 용기이자 기적 같은 일인지 깊이 실감하게 되었다. 그래서 요즘 누가 결혼한다고 하면 눈물이 날 정도로 기쁘고 축하하는 마음이 가득하다.

그러나 이제 결혼식은 좀 달라졌으면 한다. 결혼식이라는 게 나 혼자 하는 것도 아니고, 부모님의 의견이 매우 중요하다는 사실도 잘 알고 있다.

하지만 상상해볼 수 있지 않은가? 그 상상이 온전히 이루어지진 않겠지만, 조금이라도 기쁘고 설레는 축제 같은 결혼식을 만드는 데 도움이 되지 않을까?

내 결혼에 대해 재미있는 아이디어들을 내고,

언젠가 내 곁에 있을

사랑하는 사람과

즐겁게 ──

결혼의 과정을 만들어가고 싶다.

6 2

단단한
　　고마움

　　　　　　　느지막이 입대하는 친구와 약속을 잡았
다. 생각난 김에 군대에서 찍었던 사진들을 한 장 한 장 넘겨
보았다. 문득 아주 오래전, 일병 때 살던 방을 찍어놓은 사진
을 발견했다. 그리고 그녀가 떠올랐다.

　　그녀가 부대에 처음 놀러 오던 날, 내 방에 들어와서 "어,
사진에서 봤던 것과 다르네?"라고 말했다. 그때 난 상병이었
고 방을 다른 곳으로 옮긴 후였다. 그 말을 듣고 얼마나 좋았
는지 모른다. 꽤나 오래전 SNS에 올렸던 사진인데, 그녀는
내 일상을 찍어놓은 사진들을 한 장 한 장 살펴보았고 그것

을 기억하고 있었던 것이다. 누군가 내 일상에 관심을 가지고 내 삶을 들여다보고 있다는 사실이 고맙고 행복했다.

그 봄의 나는 행복했고, 아름다웠다. 어떻게든 포상 휴가를 얻으려고 미군들도 힘들어한다는 체력 테스트를 만점 받기 위해 매일 헬스장에 갔고, 밤마다 4~5km씩 달렸다. 나는 주말밖에 시간이 없었는데 몇 주 연속 주말에 비가 올 때면 하늘을 원망하고 또 원망했었다. 또 예상치 못한 주말 근무가 생길까 봐 금요일 밤에 외박을 나가는 그 순간까지 얼마나 애를 태웠는지 모른다. 평소엔 3~4일씩 가던 휴대폰 배터리를 하루면 다 써버렸고, 일하는 도중 문자를 보내는데 싱글벙글 새어 나오는 웃음을 도저히 감출 수 없어 동료들에게 연애하는 걸 들키기도 했다. 그녀에게 줄 꽃을 한 아름 사 들고 갈 때면, 지하철과 버스에 함께 타고 있던 사람들은 모두 한 번씩 그 예쁜 꽃들에 다양한 말을 담은 시선을 던져주었다.

봄이 아름다웠던 만큼 여름은 잔인했고, 그렇기에 나는 그녀에 대한 원망과 미움, 미련을 떨쳐버리지 못했던 것 같다.

이 아침에 강채이의 〈사랑해 바보야〉와 DJ Soulscape의 〈Love Is a Song〉을 듣는다.

해변에 파도가 치면

고운 모래들은 파도에 점점 쓸려 가버리고

단단한 돌과 바위들만 남듯이

원망과 미움, 미련이라는 감정들은

시간이라는 파도에 점점 쓸려 가버리고

이제는 단단한 고마움들만이 남아 있다

행복한 기억들이면 ——

　　　　　　　　충분하다.

고맙다, 어여쁜 사람아.

손을
잡는다는 것

나 정말 그 사람을 좋아하는 건지 잘 모르겠어.
그걸 어떻게 알 수 있을까?

동갑내기 친구가 물었다. 서른한 살이나 먹고 아직도 그
걸 모르냐고 타박하면서 대답을 해주려다가 나도 말문이 막
혔다.

그 사람을 좋아한다는 걸 어떻게 알 수 있을까?
언제 그 사람을 사랑한다고 말할 수 있을까?
한참을 고민하다가 그 친구에게 이렇게 말했다.

네가 오늘처럼 추운 겨울날 그 사람이랑
카페에 가서 커피를 마시고 있어.
그 사람이 따뜻한 커피 잔을 두 손으로 감싸고
손을 녹이고 있네.
근데 자꾸 그 손에 눈이 가고,
그 손등 위에 네 손을 포개 감싸주고 싶다면
그 사람을 좋아하고 있다는 증거 아닐까?

그게 다야?

응, 그게 다야.

첫사랑과 처음으로 손잡던 날을 잊어버린 사람이 몇이나
될까.

10년 전 여름, 기말고사를 망쳤다며 기숙사 앞에서 울상
을 짓고 앉아 있던 그녀.
이런저런 위로의 말이 그녀의 마음에 닿지 않는 것 같아
속상하던 내 마음.
그녀가 집에 갈 시간이 되어 함께 돌아가던 길. 주저하다

그녀의 손을 꼬옥 잡고는 '괜찮다, 괜찮아!'라고 씩씩한 척 팔을 휘휘 저으며 어색함을 지우려 애쓰던 나.

초여름 기숙사 길에 줄지어 서 있던 가로수들의 푸르름과 시원하게 울어대던 매미들의 울음소리까지.

손끝에서 시작된 그 감촉이 온몸으로 전달되어 모든 감각과 모든 감정이 세상을 향해 다 열리던 그 순간.

생각보다 보드랍고, 생각보다 까칠하고, 도대체 뭐가 뭔지 알 수 없어 약간은 어질하던 그 느낌.

그 여름, 우리에게는 많은 일이 있었고, 결국 모든 첫사랑처럼 겨울이 찾아왔지만 그녀와 손을 잡던 그 순간만큼은 아직도 잊을 수 없는 기억으로 남아 있다.

여름보다 겨울이 사랑을 시작하기에 좋은 계절인 이유는, 처음 손을 잡았을 때 느껴지는 온기가 더 따뜻하게 다가오기 때문 아닐까?

여자친구가 생긴다면 나는 한겨울에도 장갑을 끼지 않고 싶다. 그녀의 손을 잡고 내 주머니에 쏙 넣어 서로의 온기를 나누는 게 훨씬 더 따뜻할 테니까.

세상에 사랑을 알아채는 방법은 수천, 수만 가지일 것이다. 하지만 그렇게 복잡할 것 없다. 그 사람의 손에 자꾸 시선이

가고 그 손을 잡고 싶어진다면 그건 분명 사랑이다.

이다음에 좋아하는 사람이 생겨서 고백을 하게 되면, 꽃과 함께 핸드크림을 선물하고 싶다.

내가 잡을——

손이니까.

잊히지 않는
크리스마스이브

7년 만에 홀로 맞는 크리스마스이브. 모처럼 솔로가 돼서 그런지 23일까지는 여기저기서 불러주는 곳도 많고 송년회도 줄줄이 있었는데, 24일이 되자 거짓말처럼 만날 사람이 아무도 없었다. 그래서 나는 지금 고향으로 내려가는 기차를 타고 있다. 그곳에서 내년 초까지 쭉 있을 생각이다.

크리스마스이브의 기차 안에는 각양각색의 사람들이 타고 있다. 대부분은 다음 주 휴가를 내고 고향에 가는 가족 단위의 승객들이다. 복도에서는 아이들이 돌아다니고, 저 기차간 끝에선 아기 하나가 칭얼대기 시작했다.

나처럼 혼자인 사람도 제법 있다. 그들의 표정을 읽어보려 하지만 도통 알 길이 없다. 다만 쉴 새 없이 누군가와 카톡을 나누고 있는 사람들은 다행히도 이 밤에 연락할 짝이 있나 보구나 싶다.

　어디론가 놀러 가는 커플들도 눈에 띈다. 잊을 수 없는 크리스마스의 추억을 만들기 위해서 단둘이 여행을 떠나는 것이다. 짝이 있는 사람들은 마치 의무처럼 이날을 특별하게 만들기 위해 어디론가 떠나고는 한다.

　나도 그랬을 것이다. 나는 그들을 보며 너와 함께 보냈던 지난 여섯 번의 크리스마스를 가만히 떠올려본다. 그런데 이상하게도 작년 크리스마스이브밖에 생각이 나질 않는다.

　당시 기숙사 조교 일을 하고 있던 너는 크리스마스이브에도 당직을 서게 되었다. 나는 그래도 크리스마스이브라고 케이크도 사고 치킨도 시켜 한 상을 차려놓고는 너의 전화를 기다리고 있었다. 겨우겨우 사감 선생님의 눈을 피해 네가 전화를 걸었고, 나는 초에 불도 붙이고 맛있는 치킨도 보여주며 메리 크리스마스를 외쳤다.

　5.1인치 폰 화면으로 보이는 너의 얼굴에는 복잡한 감정이 얽혀 있었다. 내 얼굴은 화면 귀퉁이에 잘 보이지 않아서

모르겠지만 아마도 마찬가지였을 것이다. 함께 '후' 하고 촛불을 불어서 끄고, 잘 있냐고, 춥진 않냐고 안부를 물었다. 서로 슬픈 표정은 보이지 않으려 애썼다. 이브 날 연인의 체온을 느낄 수 없다는 사실이 슬퍼서 우리는 더 웃기만 했다.

그때, 내년에는 꼭 이브를 같이 보내자고 약속했었는데, 결국 그 약속은 지켜질 수 없는 것이 되었다. 행복하고 즐겁게 보냈던 다른 크리스마스이브도 많았을 텐데 왜 다른 건 하나도 생각나지 않고 떨어져 있을 수밖에 없었던 작년만 생각나는지 모르겠다. 아마도 함께할 수 없기에 더 간절했고, 만져 볼 수 없기에 더 애틋했기 때문이 아닐까.

넌 기숙사 조교 일을 그만두고 새로운 공부를 시작했으니, 아마도 오늘은 좋은 사람들과 행복한 크리스마스이브를 맞고 있을 거라 생각한다.

메리 크리스마스. 행복한 성탄절 되기 바래.
그리고 미안해.
올해, 또 앞으로도,
크리스마스이브에 함께 있어주지 못할 것 같다.
잘 지내고, 건강해.
보고 싶다는 말은 안 할게. 넌 어떨지 모르겠지만.

서른둘

사랑을 향한 한 걸음,
한 걸음

서른둘이
되었다

새해, 한국 나이로 서른둘이 되었다.

스물아홉.

이제 곧 이십 대가 끝난다는 생각에 온갖 유난을 떨었다.

괜히 〈서른 즈음에〉와 〈나이 서른에 우린〉이라는 노래를 부르며, 이십 대가 끝나면 마치 세상도 끝나버리는 것마냥 한숨을 푹푹 쉬었다. 아홉수가 실제로 존재하는지 이것저것 안 풀리는 일들이 많았고, 이제 내년이면 서른인데 아직 '어른'에는 한참 못 미치는 나 자신의 모습이 몹시 한심해 보이기도 했다.

서른.

오히려 서른이 되니 마음이 넉넉해졌다. 생각보다 나는 늙은 것도 아니었고 꼰대도 아니었다. 다만 조금 더 여유가 생겼고, 조금 더 성숙해졌고, 조금 더 내 삶의 계획을 스스로 세워나갈 수 있게 되었다.

서른하나.

불현듯 우리 아빠가 내 동생을 낳은 나이라는 생각이 드니 마음이 조급해졌다. 우리 가족은 아빠가 서른한 살 때 네 명으로 완성되었는데, 나는 아직 결혼도 못하고 있으니 너무 늦은 건 아닐까 하는 생각이 들었다. 그 조급함이 그녀와 나를 극한으로 밀어붙였고, 결국 우리는 헤어졌다. 결혼은커녕 나는 다시 혼자가 되었다.

그리고 서른둘. 서른둘이 되었다.

통계청이 발표한 자료에 따르면 최근 한국 남성의 초혼 연령은 32.5세쯤이다. 나는 32.1세쯤 되었는데 아직 짝이 없으니 아마도 그 평균에 맞추기는 이미 틀렸구나 싶다. 그래도 서른둘까지는 사회에서 인정하는 '결혼 적령기'라고 할 수 있을 텐데, 이제 한 살만 더 먹으면 나도 '늦었다'는 말을 든게 되겠지.

서른둘.

당신과 내가 아직 미혼이라면, 서른둘은 아마도 온통 결혼에 대한 이야기로 가득 차 있을지 모른다.

새해를 맞기 위해 고향에 내려가 쉬면서 과연 이 서른둘을 어떻게 보내야 할 것인가에 대해 많은 생각을 했다. 처음에는 역시나 온통 결혼에 대한 생각뿐이었다. 뾰족한 답도 없으면서 그냥 끙끙거리기만 했다. 들어오는 대로 소개팅을 열심히 해야 하나? 이제 '선'이라는 것도 봐야겠지? 다 안 되면 정말 듀○에 가입해야 하는 거 아니야? 나 이제 어쩌지? 너무 늦었나 봐. 망했어. 이러다 평생 혼자 살면 어떡하지? 생각은 꼬리에 꼬리를 물면서 답도 없는 바닥으로 가라앉았다. 마침내 마음의 바닥에 발이 닿는 순간 이런 의문이 들었다.

'난 왜 결혼하고 싶은 걸까?'

32.5세라는 통계, 주위 사람들의 시선, 막연한 불안감, 사회적인 통념들…. 내가 이렇게 결혼 때문에 골치 아픈 이유

가 다 그런 것 때문이 아닐까? 나는 무엇을 위해 이런 고민을 하고 있는 걸까? 내가 진짜 하고 싶은 게 무엇일까?

나는 여기서부터 다시 생각하기 시작했다. 내가 진짜 바라는 게 무엇인지, 난 왜 결혼을 하고 싶은지. 답은 의외로 간단했다.

진짜 사랑하는 사람과

── 함께 살고 싶어서.

그렇다면 지금 내가 해야 할 고민은 '결혼을 어떻게 할까?'가 아니라 '어떻게 정말 사랑하는 사람을 만날 수 있을까?'이고, 보다 근본적으로는 '어떻게 하면 진짜 사랑할 수 있을까?' 아닐는지.

결혼이라는 것만을 기준으로 타인을 바라본다면 내가 진정한 사랑을 할 수 있을까? 그 사람이 결혼에 대한 생각이 없거나, 당분간 결혼을 할 수 없는 상황이라면 그 사람은 사랑할 수 없는 사람인 것일까? 내 사랑을 '결혼'이라는 기준만으로 재단하는 게 맞는 것일까?

서른둘.

사랑하고 싶다.

결혼이 아니라, 사랑을 하고 싶다.

진짜 진짜 사랑하는 사람과 연애하고 싶다.

뜨겁게, 정말 행복하게. 그렇게 서른의 연애를.

지금 해야 할 일은 결혼에 대한 고민이 아니다. 많은 사람들을 만날 수 있는 기회를 만드는 것. 그리고 정말 사랑하는 사람이 있다면, 용기를 내는 것. 순간순간 '결혼'에 대한 스트레스가 이런 다짐들을 뒤흔들겠지만, 그래도 올 한 해 이 다짐들을 유지해 나갈 수 있었으면 좋겠다.

서른둘이 되었다.

열심히 준비하고, 한 살 더 성숙하되,

철없이 사랑하는 —

올 한 해가 되기를.

좋은 비는
때를 알고 내린다

: 사랑이 이루어지는 순간들

　　　　　　　　　꽤나 길고, 당신에겐 조금 지루할지도 모르는 세 개의 이야기.

#1. 스물하나, 봄

　새 학기의 캠퍼스는 새내기들의 웃음으로 가득 찼다.

　겨우내 신입생 맞이에 온 마음과 체력을 다 써버린 나는, 정작 학기가 시작되자 기숙사 방구석에 처박혀서 잠만 자고 있었다. 불과 한 달 전 처음 만났을 땐 그렇게 어색해하던 녀석들이 우르르 몰려다니며 움트는 봄기운을 만끽하는 것을 보는 것만으로도 흐뭇했다. 작년의 내가 주인공이었듯 이제는 그들이 캠퍼스의 주연이었다. 나는 이제 주인공 역할을 그들에게 양보하고, 간혹 과 방에 얼굴이나 비치는 선배가 되어야겠다고 생각했다.

화이트데이가 지나니 벌써 새내기 커플이 생겼다는 소식이 들렸다. 그렇게 매일같이 어울려 다니니 그럴 수밖에. 추운 기운을 몰아내는 봄비는, 그간 입시 스트레스에 꾹꾹 눌려 있던 청춘의 마음까지도 녹여버리는 듯했다.

'좋은 때구나.'

겨우 한 살 더 먹은 나는 그 젊음을 부러워했다. 그 넘치는 생기들이 참 좋아 보였다. 그냥 보는 것만으로도 웃음이 나오는 캠퍼스의 봄이었다.

그런데 나에게 황당한 일이 벌어졌다. 후배들 중 가장 반짝반짝 빛나던 한 친구가 나를 좋아한다는 것이었다.

그것은 누구를 통해 들을 필요조차 없었다. 그녀는 자기 감정을 감출 줄 모르는 통통 튀는 친구였다. 몇 번의 마주침만으로도 그녀의 마음이 환히 보일 정도였다. 그녀는 거의 모든 남자 동기와 선배들이 이른바 '눈독'을 들일 수밖에 없을 정도로 예쁘고 멋진 친구였다. 그렇기에 많은 사람들의 눈이 그녀에게 쏠려 있었다. 끼리끼리 뭉쳐 다니는 새내기들은 물론이고 과 반 공동체의 모든 이들이 그녀가 나를 좋아한다는 사실을 알 수밖에 없었다. 나는 몹시 당황스러웠다.

나는 당시 그 후배와 연애를 할 생각이 없었다. 그녀가 싫었던 것이 아니다. 그냥 그땐 연애를 하고 싶지 않았다.

일단, 새맞이 짱을 하면서 새내기를 꼬셨다는 공동체의 시선이 싫었다. 내 의도가 어쨌든 앞에 나서서 무언가를 한 사람은 그런 오해를 받을 수밖에 없는 구조였다. 나의 노력과 고생들이 그런 식으로 왜곡되는 게 끔찍이도 두려웠다.

그리고 당시에는 한 사람과 연애를 하기보다는 되도록 많은 사람들과 만나며 두루두루 친해지고 싶었다. 어쨌든 남자는 군대라는 피할 수 없는 과정도 염두에 두어야 했기에 그전까지 많은 사람들을 만나 보고 싶었다. 한 사람을 깊이 만나기보다는 여러 사람을 넓게 만나고 싶었다. (그땐 지금과 달리 주위에 사람이 많았던 시기였다.)

그렇게 몇 번 그녀의 마음을 거절했다. 그런데 그녀는 그 거절을 잘 받아들이지 못했다. 그녀는 자신의 슬픔을 가감 없이 주위에 표현하는 성격이었고, 나는 참 난처했다.

당시는 싸이월드의 위용(?)이 최절정에 달하던 시기였다. 그녀의 다이어리는 온통 슬픔의 말들로 가득했다. 그런 상황에서 나는 무언가 한마디라도 꺼내기가 부담스러웠다. 어떨 땐 새 글 알림이 뜬 그녀와 내 미니홈피의 하루 히트 수가 수백에 달할 때가 있었다. 그만큼 그녀와 나의 관계는 이미 과반 공동체 초미의 관심사이자 최고의 이야깃거리가 되었다.

나중에 들은 이야기지만, 내가 없는 술자리에서는 나와 그녀가 언제 사귈지 내기를 하기도 했다고 한다. 사귈지 안 사귈지가 아니고, 언제 사귈지라니!

그렇게 당황스럽고 곤란한 시간들을 보내던 중 과 반 총 엠티를 가게 되었다. 지금은 어떤지 모르겠지만, 당시에는 대부분의 새내기들, 헌내기들뿐만 아니라 고학번 선배들까지 1년에 한 번 있는 총 엠티에 모두 참석하는 분위기였다. 수많은 사람들과 함께 나와 그녀도 대성리로 떠났다.

이런저런 행사와 장기자랑을 하고, 고기도 구워 먹고, 술도 마시며 즐거운 시간을 보냈다. 다들 저 끼를 어떻게 감추고 살았던 것일까 싶을 정도로 신나게 웃고 떠들고 노래하고 춤추고 먹고 마시며 놀았다.

너무 많은 사람들이 있었기 때문인지 그녀와 마주칠 일이 없었고, 그녀를 신경 쓸 일도 딱히 없이 밤이 무르익었다.

공식 행사가 끝나고 사람들은 끼리끼리 모여 앉아 게임도

하고 술도 마시며 밤을 지새웠다. 나 역시 잘 마시지도 못하는 술을 꽤나 마시고는 반쯤 정신을 놓은 채 웃고 떠들었다.

새벽 다섯 시쯤 되자 밤을 새우고 아침을 먹겠다며 버티던 사람들도 하나둘씩 뻗어 잠들기 시작했다. 나 역시 피곤함과 술기운에 꾸벅꾸벅 졸다가 거실에 누워 잠을 청했다. 그 와중에 살아남은 건 역시나 팔팔한 새내기들뿐이었다. 선배들이 모두 지쳐 잠들자 새내기들은 자기들끼리 모여서 캠프 파이어를 한답시고 왁자지껄 이것저것 챙겨 밖으로 나갔다.

'역시 어린 녀석들이 체력이 좋아.'

나는 흐뭇하게 웃으며 아침까지 눈을 좀 붙여야겠다고 생각했다.

그때, 밖으로 향하던 발걸음 하나가 되돌아왔다.

내 곁으로 다가와

아무렇게나 누워 있던 내 위로 ──

잠바 하나를 덮어준다.

그러고는 다시 총총총 밖으로 나갔다.

멀어져 가던 정신이 또렷해졌다. 아직 남아 있던 봄 새벽의 한기는 온데간데없었다. 내 마음에 굳게 남아 있던 벽도 완전히 무너져 내리는 순간이었다.

상병 정기 휴가가 우연히 새터(새내기배움터)와 딱 맞았다.

물론 거짓말이다. 그게 '우연히' 맞을 리가 있나. 선임들, 후임들에게 사정사정해서 일부러 그때에 맞췄다. 입대하면서 과 반을 떠난 지 꽤 오랜 시간이 지났지만 새터는 가고 싶었다.

물론 이미 네 학번이나 차이 나는 새내기들이 궁금했던 것은 아니다. 군대 가기 전에 잘 알고 지내던 후배들이 새터에서 열심히 일하는데 조금이나마 보탬이 되고 싶었다.

사실 이것도 핑계다. 그냥, 갑갑했던 군대를 벗어나 대학생들의 생기를 느껴보고 싶었다. 그렇게 까까머리 군바리는 고학번 서포터즈에 끼어 새터에 가게 되었다.

2박 3일의 새터는 역시나 재미있었다. 새내기들이 게임을 하거나 공연을 할 때, 부끄러움을 모르고 앞장서서 소리 높여 응원하는 것이 고학번 서포터즈들의 역할이었다.

'저들은 도대체 뭐 하는 사람들이지?'라는 새내기들의 의아한 시선은 아랑곳없었다. 이미 몇 년이나 손발을 맞춘 동기, 선후배들이었기에 너무나 신나게 놀았다.

그리고 나에게는 또 한 가지 임무가 있었다. 나는 아주 오래전부터 사진을 찍었다. 과 반의 모든 행사를 사진으로 담고 커뮤니티에 올리는 것이 나에겐 크나큰 즐거움이었다. 입대한 이후로 쓸 일이 없어 먼지가 켜켜이 쌓여 있던 카메라를 들고 신나게 셔터를 눌렀다.

뜨거웠던 새터가 끝나고 집으로 돌아와 삼백 장이 넘는 사진들을 정리하기 시작했다. 메모리 카드의 사진을 PC로 옮기고, 맨 첫 사진부터 클릭해서 page down 키를 누르며 한 장 한 장, 2박 3일의 시간들을 떠올렸다.

그러다가 어느 사진 한 장에서 손이 멈추었다.

사진 안에서 그녀가 카메라를 보고 웃고 있었다.

그녀와는 2박 3일의 새터 기간 동안 한마디도 나눈 적 없었고, 마주친 적도 없었고, 심지어 이름도 모르는 친구였다.

그런데 나는 사진 속의 그녀를 보자마자 한순간 사랑에 빠졌다.

너무 놀라서, 떨리는 마음을 진정할 수가 없었다.

카투사였던 덕분에 주말 외출이 비교적 자유로웠다. 학기가 시작되고 열린 신입생 환영회 및 개강 파티에 찾아갔다. 나는 거기서 그녀를 다시 만났다.

2차 장소로 이동하며 두 개 조로 나누어 행사를 진행하게 되었고, 그녀와 나는 다른 조로 갈라졌다. 술잔을 나누며 후배 녀석 하나에게 최대한 조심스럽게 그녀의 이름과 연락처를 물었다. 그런데 막상 연락처를 받고 나니 용기가 나지 않았다.

그전까지 이야기 한 번 나눠 본 적 없는데 뜬금없이 연락하면 이상하게 비칠까 봐 겁이 났다.

시간이 흘러 2차 행사가 거의 마무리될 즈음, 갈등하던 나는 결국 그녀에게 문자를 보냈다.

> 안녕하세요. 저 ○○학번 ○○예요.
> 혹시 집에 갔어요?

일 분이 지나고, 이 분이 지나고… 드디어 그녀의 문자가 도착했다.

> 안녕하세요. 이제 나가려고요.

> 아, 그래요? 그럼 가는 길에 요 앞 큰길 롯데리아 앞에서 잠깐 봐요.

네? 왜요? 무슨 일이세요?

그냥요. ^^

드디어 그녀와의 첫 만남. 그녀는 새터에서 나를 보았기에 내가 누군지 이미 알고 있었다.

집이 어디예요?

저는 신천 쪽에 살아요.

에?
지금 지하철 끊길 시간인데?

맞아요.
택시 타고 가야 할 것 같네요.

그래요? 택시비는 충분해요?
음, 혹시 모르니까 이거 조금 더 가지고 가요.
그리고 집에 도착하면 문자 한 통 주세요.

고맙습니다. 연락할게요!

길가로 가서 택시를 잡았다. 택시를 타려는 그녀에게 웃으며 물었다.

근데 왜 이렇게 늦게까지 남아 있었어요?
그렇게 재미있었어요?

살짝 내가 한심하다는 표정을 짓던 그녀의 대답.

아뇨, 별로 재미없었어요. 그냥…
오빠한테 연락 올 때가 됐는데
왜 안 오나 기다리고 있었어요. 저 갈게요!

나중에 안 사실이지만, 그녀도 새터가 끝나자마자 집에
돌아가 언니와 한방에 나란히 누워 이렇게 말했다고 한다.

언니, 있잖아…
나 남자친구 생길 것 같아.

제대하고 새로 찾아간 교회. 나와 비슷한 시기에 새로 온 한 친구를 알게 되었다. 둘 다 아주 어렸을 때부터 교회에 다녔지만, 어쨌든 그 교회에선 새 신자였기 때문에 서로 비슷한 처지라 이런저런 이야기를 많이 나누었다.

그런데 알면 알수록 그녀와 나는 통하는 부분이 많았다. 어떤 신앙적인 고민을 하다가 이 교회에 오게 되었는지부터 좋아하는 영화나 TV 프로그램까지. 아직은 청년부 모임 때만 얼굴을 보는 사이였지만, 비밀 방명록을 통해서 갈수록 제법 긴 이야기들을 나누는 사이가 되었다.

그러다 청년부 겨울 수련회를 함께 떠났다. 이 교회에서는 처음으로 가는 수련회였기 때문에 몹시 설레고 기대가 됐다.

그 수련회는 기대를 훨씬 뛰어넘는 대단한 것이었다. 흔히 교회에서 가는 수련회라고 하면 예배와 강연, 성경 공부, 기도회, 찬양 등을 중심으로 구성되는데 여기는 정반대였다.

여는 예배가 끝나는 순간부터 다음 날 저녁까지 정말 빡빡한 스케줄로 죽어라 놀기 시작했다. 실내와 실외를 가리지 않고 정말 열심히 놀았다. 눈밭에서 뛰고 뒹굴며 눈사람을 만들고, 다들 상기된 얼굴로 들어와서 밥을 먹고, 다시 나가서 놀았다.

장은 또 왜 이렇게 과하게 본 건지 먹을 것을 산더미같이 쌓아놓고 매 끼니가 마지막 만찬인 것처럼 먹었다. 술 한 방울 없이도 이렇게 재미있게 먹고 놀 수 있다는 사실에 감탄을 금할 수 없었다.

그렇게 이틀의 시간이 지나 수련회의 하이라이트인 저녁 기도회가 시작되었다. 이틀간의 시간을 통해 서먹했던 거리감은 눈 녹듯 사라졌고, 모두 애정을 가득 담아 서로를 축복하는 기도를 나누었다. 놀 땐 끼와 흥이 넘치던 사람들이었지만 기도할 땐 더욱 뜨겁고 진지한 모습으로 자신과 주위 사람들과 세상을 위해 기도하는 모습이 인상적이었다.

저녁 기도회가 끝나갈 즈음 특송 시간이 있었는데, 찬양을 부르는 사람이 바로 그 친구였다. 나도 그렇고 다들 이 친구에 대해 아는 게 별로 없었기 때문에 모두들 그녀의 목소리에 귀를 기울였다. 이윽고 반주가 시작되고…

신실하신 나의 주

── 하나님은….

그녀가 첫 소절을 부르는 순간 예배당을 가득 채우고 있던 공기가 완전히 바뀌어버린 듯한 느낌을 받았다. 그녀의 목소리는 기대하고 상상했던 것보다 훨씬 더 아름다웠다. 노래가 끝날 때까지 난 그저 멍하니 쳐다볼 수밖에 없었다.

점점 그녀에 대해 알아가고, 우리가 나누는 이야기가 길어지면서 조금씩 그녀에게 빠지고 있었겠지만 아마도 그 순간, 그녀가 그 노래의 첫 소절을 부르던 그 순간 그녀에 대한 나의 감정은 '사랑'이라는 작은 불꽃이 되어 타오른 것이 아닐까.

얼마 후, 우리는 참으로 나답고, 참으로 그녀다운 방법으로 연애를 시작했다.

내 삶에도 몇 번의 기적과 같은 순간이 있었다.

그것은 그야말로 기적이었다.

기적은, 소리 없이 다가왔다.

내가 더 잘해서,

내가 더 좋은 사람이어서 온 것이 아니었다.

그것은 그냥 갑자기 찾아왔다.

글을 쓰고, 마음을 다듬고, 내가 더 좋은 사람이 되면 사랑이 찾아올 줄 알았다. 하지만 사랑이란 노력만으로 이루어지는 것이 아님을 알게 되었다. 글을 써야 하는 이유를 잃어버렸다. 내가 노력해서 되는 게 아니라면 다 의미 없는 것처럼 느껴졌다. 지금까지 썼던 모든 글들을 지워버리려고도 했다.

하지만 결국, 나는 다시 글을 쓴다.

사랑을 이루겠다는 것은 욕심이었다. 내가 할 수 있는 것은 그저, 그 기적이 다시 올 때까지 하루하루를 버틸 뿐이다. 이 문장들은, 흔들리고 힘겨운 오늘을 버티기 위해 몰아쉬는 호흡이었다. 정말 솔직하게 말해서, 위로받고 싶어서, 그 시간이 올 때까지 살아 있고 싶어서.

아름다웠던 순간들이 그저 기억으로만 있을 땐 힘든 마음에 짓눌려 잘 보이지 않는다. 하지만 한 문장에 한 호흡을 담아 그것을 뱉어놓으면, 그 글이 실체가 되어 한없이 가라앉기만 하는 나를 끌어올려 준다.

그리고 단 한 사람이라도 내 이야기를 듣고 웃고, 울며, 자신의 이야기를 들려줬을 때, 그래도 살아서 그 기적 같은 순간을 기다려야겠다고 다시금 다짐하게 된다.

그래서 가장 힘든 날들에, 가장 행복했던 기억을 한 줄 한 줄 엮어낸다.

좋은 비는 ──

때를 알고 내린다.

우리는 우리의 힘으로 단 한 방울의 비도 내리게 할 수 없다.

그저 맑은 날엔 웃고 흐린 날엔 울면서, 가장 좋은 때에 좋은 비가 내리기를 기다릴 뿐이다.

소개팅 이야기, 셋

: 성공의 조건

우리 부서에는 결혼하지 않은 네 명의 젊은 남자 사원들이 있다. K대리(나), J대리, W사원, H사원. 우리 넷은 나이도 비슷하고, 모두 미혼에, 작년까지는 넷 다 여자친구도 없던 터라 가까이 지내며 종종 이야기를 나누었다. 주된 관심사는 굳이 말하지 않아도 불 보듯 뻔했다. 다행히(?) 인맥이 겹치지 않아 부담 없이 각자의 연애 사업 대해서 이런저런 이야기를 많이 나누었다.

그러던 중에 작년 말 W에게 여자친구가 생겼다! 그것도 무려 소개팅으로!! W는 우리 넷 중 유일하게 크리스마스와 연말연시를 여자친구와 함께 보냈다!!!

'소개팅' 하면 누구에게도 지지 않던 J대리는 물론이고, 몇 번 소개팅을 해봤지만 '이건 불가능해'라고 생각하던 나 역시 충격에 빠졌다. (H사원은 아직 베일에 싸여 있다.)

얼마 전 우리는 함께 밥을 먹으며 W를 추궁(?)하기 시작했다. 여자친구는 어떤 사람인지, 어떻게 만나게 됐고, 어떤 과정을 거쳐 사귀게 되었는지 등등. 크리스마스와 연말연시를 뭐 하며 보냈는지는 차마 물어보지 못했다. 부러우면 지는 거니까.

그러던 중 J가 물었다.

근데, 둘 중에 누가 먼저 좋아했어?

W가 답했다. (경상도 사투리 억양으로.)

처음 딱 만났을 때
'아, 이 사람 진짜 괜찮다.' 싶었어요.
근데 나중에 물어보니까 상대방도
제가 애프터 신청 안 하면
자기가 하려 했다고 하더라고요.

…부러웠다. 졌다.

소개팅에도 여러 가지 케이스가 있기에 일반화하긴 어렵지만, 이 정도 느낌은 받아야 소개팅에서 성공하는구나 싶었다.

소개팅의 성공 여부를 판가름하는 데는 많은 변수가 필요치 않아 보인다.

만난 지 삼십 초면 결정되는 거 아냐?

소개팅은 그냥,
건네받은 사진이 실물과 일치하는지
확인하러 나가는 자리야.

이런 말들이 딱히 틀린 건 아닐지도 모른다.

그래도 사람은 몇 번 만나 봐야 알지.

이 말도 틀린 말은 아닌데, 일단 처음 봤을 때 호감이 확 생겼다는 전제 하에 혹~시라도 그 사람이 이상한 사람이 아닌지 확인하는 차원에서 몇 번 더 만나 본 경우여야 성공할 수 있는 듯하다.

처음 만났는데 긴가민가하다면, 몇 번 더 만나 봐도 호감이 생기기 어렵다. 일상에서 만나다 보면 생각지도 못하는 순간 꽂히는 무언가를 발견하는 경우도 있지만, 소개팅처럼 인위적으로 만나면서 이면의 매력을 찾기란 정말 어려운 일인 듯하다.

남자는 여자를 보자마자 애프터고 뭐고
내일 당장 또 만나고 싶어야.

여자는 이 남자가 애프터 신청을 안 하면
자존심이고 뭐고 팽개치고
자신이라도 나서서 또 만나자 하고 싶어야.

그 정도는 돼야 성공하는 게 소개팅이다.

소개팅, 과연 성공할 수 있을까?

명절을 맞이하는
싱글남의 자세

결혼한 인생 선배들에게서 명절 때 발생하는 가족 간 갈등에 대해 많은 이야기를 듣고 깨달은 바가 있었다. 그래서 지난 추석 명절 2박 3일간 자그마치 12인분×8끼니의 설거지를 도맡아 했다. 결혼 전에는 생전 하지도 않다가 결혼하고 나서부터 일을 돕는답시고 나서면 엄마가 "와이프 생기니 그제야 도와준다"며 서운해하실 거고, 혹시나 그것이 고부 갈등의 싹이 될까 염려되어서였다. 아직 생길 기미조차 없는 미래의 며느님을 위해 벌써부터 밑밥을 깔기 시작한 것. 앞으로 몇 년간 명절 때 내가 주방에서 일하는 게 당연한 분위기로 만드는 것이 목표다.

하지만 의외의 태클은 할머니로부터 들어왔는데,

사내놈이 왜 이렇게 주방에 들락거려?

할머니, 요즘 요리하는 남자가 대세예요.
TV 보면 맨날 요리사 남자들만 나오잖아요.

오메, 그런가~?

그럼요~ 요즘 일부러
돈 주고 요리 배우는 사람도 있다니까요.

아이고! 참말로 별난 세상이여~

이로써, 나는 주방출입권을 획득하였다!

이건 뭐, 거창하게 누군가는 도와주고 누군가는 도움을 받자는 이야기가 아니다. 손자들이 설거지를 하는 동안 음식 준비하시느라 고생하신 엄마들은 커피를 마시며 담소를 나누시고, 할머니는 내 새끼들 설거지시킨다며 노발대발하시고, 평소엔 연락도 잘 안 하고 사는 손자들끼리 이럴 때라도 설거지로 손발을 맞추며 그간 어찌 살았는지 이야기를 나누고…. 이렇게 같이 일하고, 같이 먹고, 같이 웃고, 같이 떠드는 게 가족이었으면 하는 것이다. 그리고 그 가족 안엔 미래의 사랑하는 내 아내도 포함되어 있다.

함께 일하고, 함께 노는 것이 당연한, 그런 가족의 일원으로 그녀를 맞이하고 싶다.

그러니 이 땅의 모든 싱글남들이여, 이번 명절엔 거실에서 티비만 보며 어머님이 차려주신 밥상만 따박따박 챙겨 먹지 말고, 주방으로 고고~!

이제야 한 발짝 딛었습니다만, 다음번 명절엔 장 보기, 전 부치기, 요리하는 것까지 다 함께할게요!

그래도 #안생겨요

부모의 마음,
십 분의 일쯤

: 반려견 사랑이와 함께하며 느낀 것들

지난 5년 동안 나는 작은 자취방에서 반려견 한 마리와 함께 살았다. 이 녀석의 이름은 '사랑이'. 여름에 태어났고, 남자아이, 갈색 푸들이다.

원래 사랑이는 내가 입양한 아이가 아니다. 친한 친구가 가족들과 함께 키우기 위해서 3개월쯤 된 아기 강아지를 분양 받았다. 약 1년간 그 친구가 키웠는데, 친구의 아버지가 반려견과 함께 사는 걸 몹시 힘들어하셨다. 버티다 버티다 결국 함께하기 힘든 상황으로 치달았고, 그렇다고 파양을 할 수도 없어 남자 혼자 살고 있는 우리 집으로 오게 되었다. 비록 반지하 투룸의 크지 않은 공간이었지만 위층 주인집에서도 강아지를 키우고 계셔서 다행히 함께할 수 있었다. 그렇게 우리 두 남자는 약 5년이라는 시간을 함께했다.

내가 워낙 강아지를 좋아해 중학교 때부터 고향집에서 키웠기 때문에 사랑이와 함께하게 되어 처음엔 그저 무척 반갑고 좋았다. 하지만 가족들과 함께 사는 게 아니라 나 혼자 살며 반려견을 키우는 것은 결코 만만치 않은 일이었다.

이 녀석과 함께한 시간 동안 한 생명을 오롯이 책임진다는 것이 무엇인지 참 많은 것을 배울 수 있었다. 감히 비교할 수 있으랴마는, 어쩌면 부모의 마음, 아빠의 마음을 조금은 이해할 수 있었던 것 같다.

#1. 목숨보다 귀한 존재

되도록 매일, 최소한 이틀에 한 번은 사랑이와 산책을 하기 위해 애썼다. 내가 일하고 있는 동안 종일 좁은 방 안에서 나를 기다리고 있었을 텐데, 맑은 콧바람도 쐬고 햇볕도 받는 그 시간을 꼭 지켜주고 싶었다.

어느 주말, 사랑이와 산책을 하고 있었다. 가슴 줄을 단단히 잡고 가다가 길을 건너기 위해 건널목 앞에 섰다. 잠시도 가만히 있지 않고 가슴 줄을 팽팽히 끌어당기며 여기저기 킁킁거리는 녀석을 지켜보고 있다가 문자 오는 소리에 주머니에서 폰을 꺼내려는데, 갑자기 사랑이가 '팍!' 하고 튀어나갔다. 순간적으로 나는 잡고 있던 줄을 놓치고 말았고, 사랑이가 찻길로 튀어 나가는 것이 보였다. 그 순간, 정말 일 초의 망설임도 없이 나도 찻길로 뛰어들며 소리쳤다.

"멈춰!!!!!!!!!!!!!!!!!!!!!!!"

내 고함에 깜짝 놀란 사랑이가 그대로 찻길에 주저앉았고, 나는 얼른 사랑이를 집어 들고 인도로 뛰었다. 그리 넓지 않은 사 차선 도로였는데, 건널목에 있던 사람들뿐만 아니라 건너편에 주차를 하고 있던 사람들까지 모두 나를 쳐다보았다.

참으로 다행히 그 순간 내 쪽 차로에는 차가 오지 않았다. 나는 인도에 주저앉아서 일단 사랑이가 괜찮은지 살폈다. 우리 둘 다 한참 동안 그 자리에서 놀란 가슴을 진정시켜야 했다.

자식을 위해서라면 목숨까지도 바칠 수 있다고들 한다. 근데 그 순간엔 목숨이고 뭐고 아무런 생각이 들지 않았다. 그냥 몸이 그렇게 자동적으로 반응했다. 진정되고 나서야 '큰일날 뻔했다'는 생각이 들었다. 지금도 그 순간을 생각하면 가슴이 벌렁벌렁하다. 아마도 그 순간이 다시 온다면 똑같이 행동할 것이다.

팔순의 노모가 예순이 다 된 자식에게 외출할 때마다 "차 조심하라"고 말씀하신다. 그 말이 백번 이해가 된다.

그 후로 도로변을 산책할 때는 사랑이의 가슴 줄을 더 꽉 쥐고 간다. 웬만하면 휴대폰도 들고 나가지 않는다. 횡단보도를 건널 땐 사랑이를 안고 걷고, 다 건넌 다음에 내려준다. 아이의 손을 꼭 쥐고 걷는 부모의 마음이 이렇지 않을까?

#2. 〈인터스텔라〉를 보며 사랑이의 하루를 생각하다

SF 영화인 〈인터스텔라〉를 보면서 반려견을 떠올린다니 다소 의아할 것이다. 〈인터스텔라〉를 관통하는 아주 큰 맥은 바로 '사랑하는 사람과 나의 시간이 다르게 흘러간다'는 물리학적인 사실이다. 우리의 일상에서는 경험할 수 없지만 우주라는 특별한 상황에서는 그런 일이 벌어지기에 영화의 극적인 소재로 사용된 것이다. 나의 한 시간이 누군가에게는 1년, 10년과 같을 수 있다는 사실. 그렇다면 그 시간의 가치와 안타까움은 이루 말할 수 없을 것이다.

강아지의 나이를 계산할 때 흔히 사람 나이에 7을 곱하라고 한다. 즉, 사랑이가 한 살이면 사람 나이로는 일곱 살에 해

당하고, 사랑이가 다섯 살이면 사람 나이로 서른다섯 살이 된다. 사랑이의 시간은 나보다 일곱 배나 빨리 간다는 뜻이다.

강아지의 평균적인 나이는 15년 남짓. 7~80년을 사는 인간에 비해서 사랑이에게 주어진 시간은 너무나 짧다.

그리고 그 말인즉, 사랑이의 하루는 나의 일주일과 같은 가치가 있다는 뜻이다. 내가 바쁘다며 그냥 외면해버리는 하루가 사랑이에겐 일주일의 시간인 것이다. 일주일 내내 집에서 나를 기다렸는데 내가 안아주지 않고 산책도 시켜주지 않는다면 사랑이는 얼마나 슬플까?

이미 사랑이와 나는 〈인터스텔라〉에서처럼 서로 다른 시간 여행을 하고 있다.

#3. 육아 휴직

사랑이를 키우면서, 언젠가 내가 아이를 낳는다면 육아 휴직을 하고 싶다는 생각을 했다.

사랑이를 키우면서 가장 아쉬웠던 것은 사랑이가 태어나고 1년간 함께하지 못한 것이다. 개들은 1년이면 다 커버린다. 1년이 지나면 키도, 몸길이도, 몸무게도 더 이상 성장하지 않는다. 물론 지금의 모습 그대로도 너무 예쁘고 좋지만, 사랑이가 하루하루 성장하는 모습을 보지 못했다는 사실이

늘 아쉽다. 지금은 팔뚝만 한 사랑이도 주먹보다 작고 눈도 못 떴을 때가 있었을 텐데, 그 모습을 보지 못한 것이 너무 안타까울 따름이다.

하물며 사랑이도 이럴진대 내 아이야 더 말해 무엇 하겠는가. 아기들 크는 것도 순식간이라고 한다. 평생 다시 오지 않을 그 한순간 한순간보다 더 가치 있는 시간이 있을까?

내 눈으로, 내 품에서 그 모습을 느끼고 싶다.

그리고 사랑이를 키우면서 '혼자' 한 생명을 책임진다는 것이 얼마나 힘든 일인지 알게 되었다. 사랑이와 함께한 시간 동안 나는 퇴근 후 저녁 시간에 무언가를 제대로 해본 적이 없다. 학원에서 어학 공부를 할 수도, 운동을 하거나 약속을 잡는 것도 쉽지 않았다. 어쩔 수 없이, 혹은 너무 하고 싶어서 그런 것들을 할 때에도 사랑이가 생각나 마음이 편치 않았다.

사랑이가 워낙 식성이 좋고 활달한 덕분에 이상한 걸 주워 먹고 아픈 적이 많다. 그럴 때마다 일이 손에 잡히지 않았고, 걱정되고 미안했다. 내가 더 같이 있었더라면 사랑이가 아프지 않았을 텐데…. 사랑이가 아플 때는 내 마음도 너무나 힘들었다. 누군가와 이 슬픔을 나누지 못하고 온전히 나 홀로 감당해야 하는 것은 정말 괴로운 일이었다.

육아라는 것은 혼자 감당하기에 체력적으로나 감정적으로 벅찬 것임을, 나는 사랑이를 통해서 조금은 이해할 수 있었다.

비록 경제적인 문제나 다른 이유들로 육아 휴직이 어려운 상황일 수도 있다. 또 상상하는 것보다 육아는 훨씬 힘들고 고통스러울 수도 있다. 그렇지만, 되도록이면 내 부인이 반대하지 않는 한 육아 휴직을 하고 사랑하는 그 존재와 함께하는 시간을 갖고 싶다.

다시 오지 않을 시간을 놓치지 말 것. 사랑이가 내게 준 깨달음이다.

#4. 상실의 슬픔

직장 생활을 하면서 가장 바쁘고 힘들었던 시기가 있었다.

그날도 거의 밤 열두 시 반이 넘어서야 퇴근을 하던 길이었다. 종일 업무에 시달렸는데도 아직 끝이 보이지 않고 결과물도 신통치 않아 마음이 무거웠다. 내가 잘해내지 못하고 있는 것 같아서 자책감이 드는가 하면, 인정해주지 않는 상사들 때문에 서럽기도 했다.

택시에서 내려 횡단보도로 걸어가고 있는데 가로등에 붙어 있는 한 장의 전단지가 눈에 들어왔다.

전단지에는 뽀미의 사진과 뽀미를 잃어버린 가족들의 간절한 애원이 담겨 있었다. 제발 뽀미를 찾아달라는 간절한 목소리가 들리는 듯했다.

멍하니 그 전단지를 보고 있는데, 눈물이 왈칵 쏟아졌다.

갑자기 사랑이 생각이 물밀듯 몰려왔다. 만약 내가 사랑이를 잃어버리면 어떤 기분일까? 저분들과 같은 상황이라면 얼마나 슬프고 고통스러울까? 상상만으로도 너무나 슬펐다. 너무 슬퍼서 가로등에 손을 짚고 하염없이 울었다.

마음이 조금 진정되자 사랑이가 보고 싶어졌다. 그래서 집으로 마구 뛰어갔다. 집에 도착하니 종일 나를 기다리다 지쳐 자고 있던 사랑이가 언제나처럼 폴짝폴짝 뛰면서 맞아주었다. 나는 그런 사랑이를 부둥켜안고 또 엉엉 울었다.

갑자기 내가 막 우니까 사랑이가 의아했는지 내 얼굴을 핥아주었다. 아주 늦은 시간이었지만, 나는 사랑이에게 옷을 입히고 가슴 줄을 걸고 나와서 한참 동안 주변을 산책하고 잠들었다.

지금도 문득 사랑이가 어디론가 가버렸다는 상상을 하면 눈물이 핑 돈다. 감히 상상할 수 없지만, 천금만금을 준다고 해도 자식을 잃어버린 부모의 심정을 어떻게 위로할 수 있겠는가. 사랑이 덕분에 소중한 존재를 잃어버린 사람들의 슬픔에 조금 더 공감할 수 있게 되었다.

지난주에 사랑이는 부모님과 함께 고향집으로 갔다.

사랑이를 처음 내게 주었던 친구가 독립해서 사랑이를 키울 수 있게 될 때까지 쭉 고향집에 있기로 했다. 사랑이와 매일 함께할 수 없다는 사실은 너무 슬프지만, 이것이 사랑이를 위해서나 나를 위해서도 옳은 결정이라고 생각했다.

일단, 사무실을 옮기면서 이전보다 출퇴근 시간이 더 길어졌고, 사랑이와 함께할 수 있는 시간도 그만큼 줄었다.

회사가 가까울 땐 가끔 점심때 집에 와서 밥을 먹으면서 사랑이랑 시간을 보내기도 했는데 그것마저 불가능해졌다.

부모님도 일을 하시긴 하지만 나보다 훨씬 오랜 시간 사랑이와 함께 있어주실 수 있을 것이다. 더욱이 고향집에는 사랑이와 똑같은 종의 개가 한 마리 더 있다. 이름은 몽실이. 부모님도 이 녀석이 낮에 혼자 있는 게 영 마음에 걸리셨는데, 사랑이가 있으면 같이 놀 수 있어 더 좋을 거라고 먼저 말씀하셨다. 게다가 사랑이가 고향집에 있으면 내가 더 자주 내려올 거라는 기대감까지. 여러모로 모두에게 가장 좋은 선택이라는 생각이 들어 그렇게 결정했다.

사랑이가 가고 한 주 동안은 허전한 마음을 주체할 수 없었다. 사랑이가 함께 있을 때는 아무리 추워도 방문을 한 번도 닫아본 적이 없었다. 사랑이가 들락날락해야 하기 때문이었다. 이제 사랑이가 없으니 방문을 꼭 닫고 자는데, 그게 참 어색했다. 간식이나 과일을 먹을 때면 득달같이 달려들어 자기도 달라고 떼를 쓰는 녀석이 없으니 뭔가 어색했다. 바닥에 과일 접시를 놓고 여유롭게 먹어보는 게 몇 년 만이었다.

무엇보다 잠자리에 들었을 때, 꼭 내 배와 허벅지 사이로 파고들어 똬리를 틀고 자는 존재가 없다는 것이 영 허전했다. 더 이상 사랑이가 없음에도 나는 자면서 무의식중에 사랑이가 깰까 봐 조심했던 것처럼 몸을 뻣뻣하게 돌리고 있었다.

다행히 설 연휴가 곧바로 있어서 사랑이를 다시 만날 수 있었다. 사랑이는 잘 지내고 있었다. 몽실이랑도 잘 지내고, 대소변도 잘 가린다고 한다. 엄마 아빠와 함께 행복하게 지내는 모습을 보니 마음이 놓였다.

나는 이제 곧 서울로 올라간다. 인간은 적응의 동물이라서 금방 사랑이가 없는 일상에 적응하겠지만, 사랑이가 아주 아주 많이 보고 싶을 것 같다. 최대한 자주 고향집에 내려와서 사랑이와 함께 시간을 보내야겠다. 잘 지내고 있어,

사랑아!

한 생명을

책임진다는 것은 ──

정말 큰 부담이면서도

세상에 다없는 행복이다.

반려견 사랑이 덕분에 그 마음을 조금 일찍 맛볼 수 있었다. 내가 감히 짐작할 수 없지만, 부모의 마음 십 분의 일쯤은 경험한 것이 아닐는지.

사랑이와 함께하며 생각한 것들, 앞으로도 간직하면서 사랑이를 잘 돌봐주고 싶다. 그리고 언젠가 내게도 사랑하는 사람이 생기고 새로운 가족이 태어난다면, 사랑이를 통해 배운 이 사랑을 더 많이 쏟아부으며 살아야지.

사랑이를 통해서, 참 많은 사랑을 배웠다.

꿈꾸는 결혼식

: 웨딩 촬영

올해도 시작됐다. 햇살이 제법 봄 같았던 토요일 오후, 나보다 두 살이나 어린 후배 녀석의 결혼식이 있었다. 뭐가 그리 급하다고 형보다 먼저 가는지. 딱 10년 전 만나 학창 시절 동안 많은 추억을 공유한 후배였다. 그래서인지 신랑이 준비한 옛 추억 슬라이드 속 대학 시절의 사진은 대부분 내가 찍어준 것들이었다. 10년 전 신입생 환영회에서 처음 만났던 게 생생히 기억나는데, 이제 네가 먼저 어른이 되어버린 기분이야. 정말 축하한다. 언제나 그렇지만 특히 결혼식에 갈 때면 더욱더 얼른 결혼하고 싶어진다.

이전 글에서 요즘의 결혼식이 참 불편하다고 적었다.

그래도 나는 결혼을 하고 싶다. 왜 '군이' 결혼을 하고 싶냐고 묻는다면, 사랑하는 사람을 만나 함께 먹고, 함께 자고, 함께 웃고, 함께 살고 싶기 때문이다. 비록 현실이 어떠하든 말이다.

그래서 나는 종종 내 결혼식을 상상하곤 한다. 꼭 이렇게 하겠다는 것이 아니다. 모든 결혼의 과정은 대화와 합의를 통해 만들어갈 것이다. 다만 미리 생각하고 준비한다면 우리에게 더 행복한 결혼식을 만들 수 있을 거라 생각한다.

참고로 내가 꿈꾸는 결혼식은 단순히 간소하고 경제적인 예식이 아니다. 결혼식을 우리에게 더욱 의미 있고, 평생을 함께하는 데 행복한 추억의 시간으로 만드는 것, 그것이 내가 바라는 결혼식의 모습이다.

결혼을 앞둔 모든 예비 부부들 앞에 놓인 큰 이름, '스.드.메'. 그중에서도 맨 앞자리를 차지하고 있는 것이 바로 스튜디오 촬영이다. 스튜디오 촬영을 포함한 패키지의 금액은 천차만별이지만, 결국 지나고 보면 모든 것이 다 돈, 돈, 돈이라고들 한다. 사진 몇 장 더 뽑아주거나, 원본을 보내주거나, 디지털 파일 몇 개 더 보내주는 게 뭐 그리 힘든 일이란 말인가! 뭐만 했다 하면 추가금이 들어가 어느덧 처음 잡았던 예산보다 넘치곤 하는 것이 바로 스튜디오 촬영이다.

그럼에도 불구하고 결혼한 이들이 하나같이 하는 말,

"지나고 나면 그 앨범 꺼내 보지도 않는다."

요즘은 결혼식 분위기가 조금 바뀌어서 여러 가지 콘셉트로 촬영하는 스튜디오 촬영 대신 드레스만 입고 간단히 몇 장 찍거나, 야외에서 스냅사진으로 대신하기도 한다. 더불어 촬영 장소만 대여하거나, 야외 공원 등에 가서 셀프로 웨딩 촬영을 하는 경우도 있다.

안 찍기에는 아쉽고, 제대로 찍자면 한도 끝도 없는 것이 바로 웨딩 촬영이다.

내게 좋은 사람이 생기고 이 사람과 결혼해야겠다는 생각이 든다면, 나는 정식으로 프러포즈를 하고 결혼 준비를 시작하고 싶다. 결혼에 대한 맘을 제대로 먹고 그 모든 과정을 시작하는 것이다.

당신과 결혼하고 싶어요.

—— 나와 결혼해 주세요.

필요하다면 약혼식을 하는 것도 좋을 것 같다. 이왕이면 프러포즈를 한 뒤부터 1년간 여유롭게 결혼 준비를 하고 싶다. 그리고 그 1년의 시간 동안 나는 매 계절 그녀와 웨딩 촬영 여행을 가고 싶다. 내가 웨딩 촬영에 담고 싶은 의미는 바로 이것이다. 그냥 결혼식을 위해서 형식적으로 기념 사진을 찍고 더는 들춰 보지 않는 것이 아니라, 우리가 결혼을 준비하는 가장 사랑하고 가장 아름다운 시간들을 기록으로 남겨놓는 것. 계절이 바뀔 때마다 아름다운 장소를 찾아 함께 여행을 계획하고, 촬영 콘셉트를 이야기하고, 그곳에서 정말 신나게 사진을 찍고 싶다. (둘이 여행을 가야 하기 때문에 반드시 프러포즈가 필요하기도 하다. 양가에 구두로나마 도장을 꽝 꽝 찍지 않으면 부모님 몰래 가야 하니까 말이다.)

그래서 나는 프러포즈 선물부터 계절 별로 있을 각종 기념일(생일, 밸런타인데이, O주년 기념일, 크리스마스 등등) 선물로 그녀가 다음 웨딩 촬영에서 입을 수 있는 드레스나 원피스를 선물할 생각이다. 대여해서 촬영할 때 입고 반납하는 의상도 물론 있어야겠지만, 이후에도 그녀가 특별한 날에 입을 수 있는 예쁜 옷을 선물하고 싶다. 그래서 결혼 후에 그 옷을 입는 날엔 우리가 함께 떠났던 여행을 떠올리며 다시 웃을 수 있도록 말이다.

사진의 결과물보다도 촬영하는 과정 자체가 행복한, 그런 웨딩 촬영을 하고 싶다.

아직 아무것도 결정된 게 없는데 벌써 준비를 시작한
대책 없는 나.
아무렴 어떤가.
언젠가 그대에게, 눈빛을 반짝이며
이런 이야기를 들려드리리.

외로울 땐,

또 한 가지 소식이 있어.

아, 설마….

나 9월에 결혼한다.

종종 만나 많은 이야기를 나누던 친구가 결혼 소식을 알렸다. 오래전부터 좋은 사람 만나 빨리 결혼하고 싶어 했다는 걸 잘 알기에 더 많이 축하해주어야 했는데 그럴 수가 없었다. 그 친구는 그저 자신의 길을 가고 있는 것뿐인데 왜 '다들 나한테 왜 그래?'라는 생각이 든 걸까.

그녀가 들려준 결혼 스토리는 더욱 충격이었다. 사정이 생겨 오래전부터 알고 지내던 '남자 사람 친구'와 룸메이트로 살게 되었다고 한다. 그 사실을 알게 된 그녀의 부모님은 노발대발하시며 그 친구를 한번 보자고 말씀하셨다. 그 자리에서 내 친구의 어머니가 물으셨다.

자네 우리 ○○를 좋아하나?

좋아하지 않으면 이 자리에 오지도 않았겠죠.

그것이 둘의 시작이자 결혼의 결정이었다고 한다.

그전까지는 이성으로서 아무 감정 없던, 그래서 선뜻 남는 방에 들어가 살겠다고 했던 친구가, 남자친구의 단계를 건너뛰고 예비 남편이 되어버린 것이다.

아마 남자는 오래전부터 내 친구를 좋아하고 있었을지 모른다. 어쩌면 정말 오랫동안 홀로 사랑을 앓고 있었을지도 모른다. 그간 그녀의 연애 상담에 쓸쓸한 미소를 넘기며 남몰래 눈물을 삼켰을지 모른다.

하지만 그 시간을 견뎠고, 결국 말도 안 되는 어떤 계기로 인해 그 사랑을 이루었다. 마음에 두었던 오랜 친구와 연인이 되어 사랑을 나누는 기분은 어떤 것일까? 나는 진심으로 그가 부러웠다. 그에 반해, 친구 관계마저 망쳐버린 내 짝사랑과 고백의 역사가 야속했다.

연애가 끝난 지 1년이 다 되어간다. 1년간 그 누구의 손도 잡지 않았고, 누구도 안아주지 못했고, 누구도 내게 사랑한다 말해주지 않았다. 연애가 끝난 후 홀가분했던 기분은 오래가지 않았다. 다시 시리도록 사랑이 그리웠다. 처음엔 헤어진 여자친구가 그리운 줄 알았다. 그런데 그게 아니었다. 나는 연애가 그리웠다. 손끝을 스치는, 입술이 닿는 그 느낌이 사무치도록 그리웠다.

그래서 글을 썼다. 보통 글은 가장 마음이 아픈 날에 쓰곤 했다. 그렇게라도 사랑에 대해 말해야 이 외로움이 덜해질 것 같았다. 때론 친한 친구에게 말하듯, 때론 옛 연인에게 말하듯, 때론 앞으로 내가 사랑할 사람에게 말하듯, 그렇게 나는 말하듯이 글을 쓸 수밖에 없었다.

브런치의 댓글을 통해 누군가 자신의 슬픔을 말할 때, 짐짓 나는 괜찮은 듯 위로하고 응원했다. 이 시간도 지나갈 거라고, 분명 좋은 사람이 찾아올 거라고. 그 말들은 모두 진심이었다. 정말 그렇게 될 것이다.

하지만 나에게도 그들에게도 결과는 중요한 것이 아니었다. 지금이 중요했다. 누군가 내 말을 들어주고, 나와 이야기하고 있다는 사실. 누구에게도 할 수 없지만, 뱉어야만 하는 그 말들을 쏟아내고, 듣고, 또 이야기할 수밖에 없었다.

이대로 혼자가 되는 것이 아닐까 하는 두려움도,
결국 모든 것은 외로움이었다.
아무리 많은 말을 되뇌도
누구 하나 내 손을 잡아주는 사람 없는 것이 현실이었다.

오후에 있던 결혼식에 다녀왔다. 오늘은 한 발짝도 밖에 나가고 싶지 않았다. 게다가 참석한 모든 사람들이 두 사람의 사랑을 축하하는 자리라니, 지금 내겐 너무 잔인했다. 그런데도 안 갈 수가 없는 결혼식이었다. 정말 웃기가 힘들었다.

친구들도 그런 낌새를 알아챘는지, 짐짓 목소리를 높여 자기 연락처 리스트를 보여주며 내게 소개시켜 줄 사람을 찾는 척했다. 하지만 이미 알고 있었다. 그중에 내가 만날 사람은 없다는 사실을.

집에 돌아와 저녁 내내 멍하니 앉아 노래만 무한정 들었다. 재미있게 읽던 소설을 어제 다 읽어버린 게 화근이었다. 그거라도 있었으면 그나마 딴 데 정신을 팔 수 있었을 텐데.

이렇게 외로움을 자극하는 일이 연달아 쏟아지는 날에 하필 전적으로 혼자 있어야 한다는 게 참으로 애처로웠다.

가족이라도 곁에 있었으면 좀 나았을 텐데, 이 작은 방에 나는 오롯이 혼자였다.

멍 때리다 따뜻한 차를 한 잔 마셨다. 스르륵, 온몸을 따뜻하게 채워주는 이 느낌이 고마웠다.

외로운 밴.

답이 없다.

이렇게 답 없는 글이, 참 미안하다.

바보같이,
　　네가 떠오른 순간

　　　　　　　직장인의 저녁은 언제나 부산하다. 월
말이라는 이유로, 조직이 바뀌었다는 이유로, 누군가 퇴사한
다는 이유로 혹은 아무 이유 없이, 일주일에 몇 번씩 회식이
다. 그리고 회식이 없는 날은 야근 또 야근이다. 온전한 정신
으로 집에 들어오는 날이 드물뿐더러 집에 있을 시간도 충분
치 않다. 자연스레 혼자 사는 싱글남의 모든 집안일들이 마
치 미뤄둔 숙제처럼 차곡차곡 쌓여간다.

　　다시 돌아온 토요일엔 아무 약속도 잡지 않았다. 아침에
잠깐 운동을 다녀와서 하루 종일 집안일을 해치웠다. 아직
조금 추웠지만 창문을 활짝 열고 청소기를 돌리고, 바닥을

닦고, 화장실 청소도 했다. 책상 위에 널브러진 책들과 잡지를 치우고, 티비와 모니터 위에 쌓인 먼지를 닦고 나니 벌써 저녁 먹을 시간이 되었다.

하지만 이대로 밥을 먹을 수가 없었다. 식기와 냄비들을 올려놓는 건조대가 텅텅 비어 있다. 혹시나 아직 안 쓴 그릇이 있는지 찾아봤지만 허사였다. 매번 '이것만 먹고 꼭 설거지해야지' 마음먹지만 밥 먹고 나면 움직이기가 싫어진다. 그렇게 쌓인 설거지가 한가득이었다.

'어쩔 수 없지.'

건조대에 혼자 외롭게 놓여 있던 고무장갑을 끼고 수세미를 들어 물을 튼 그 순간,

"으악!"

고무장갑 손가락 끝에 구멍이 생겼는지 차가운 물이 스멀스멀 들어왔다. 고무장갑에 물기가 밸 때의 그 찝찝한 느낌이란! 어쩔 수 없이 고무장갑을 뒤집어 벗고, 손을 씻고 수건으로 슥슥 닦았다. 고무장갑을 사러 가려면 20분은 걸어야 하는데 이 밥 한 끼 먹자고 그렇게까지 고생하긴 너무 귀찮았다.

'어쩔 수 없지. 하아.'

맨손에 수세미를 움켜쥐고 세제를 꽉 찼다. 설거지를 시작하기 위해 그릇을 드는 순간 갑자기 '픽' 하고 눈물이 차올랐다. 진짜, 진짜 바보같이 네가 떠올랐다.

어? 왜 고무장갑 안 껴?

그녀의 집에 놀러 가서 밥을 다 먹고 같이 설거지를 했다. 내가 세제를 묻혀서 그릇을 닦고 그녀가 행구는 일을 했다. 그런데 고무장갑이 한 짝 더 있음에도 불구하고 그녀는 끼지 않았다.

고무장갑 끼고 하면 세제 찌꺼기가
남았는지 안 남았는지 모르잖아.

야, 주방세제는 물에도 다 잘 씻겨~
맨손으로 하면 주부습진 생긴다!

괜찮아, 괜찮아. 나 항상 이렇게 해왔어.

안 괜찮아, 안 괜찮아.

이제 내가 잡을 손인데 안 된다!

그녀는 한사코 고무장갑을 끼지 않았다. 설거지가 다 끝나고 나는 뻣뻣해진 그녀의 손에다 핸드크림을 잔뜩 짜 발라주었다.

으이그! 너 이제 설거지하지 마. 내가 다 할게.

그럼 오빠도 헹굴 땐 맨손으로 해~

세제 찌꺼기 남으면 어쩌려고.

안 죽어요~ 안 죽어~

그 이후로 함께 밥을 먹을 때면 항상 그녀가 요리를 하고 내가 설거지를 했다. 가끔 그녀가 설거지를 할 땐 여전히 맨손으로 그릇을 헹궜다. 나는 그게 참 싫었다. 그래서 얼른 내가 고무장갑을 끼고 끼어들곤 했다.

정말 오랜만에 맨손으로 설거지를 하려니, 그 기억이 떠

올랐다. 그녀와 헤어진 뒤로 꽤 많은 시간이 흘렀고, 중간에 한 번의 연애와 헤어짐을 겪었다. 이제는 정말 다 괜찮아졌다고, 아무렇지 않다고 생각했는데. 아주 깊이깊이 숨어 있던 기억 하나가 다시 떠오른 것이다.

이게 뭐냐, 정말 ──

남들은 '네가 좋아하던 캐러멜 마끼아또를 마시다' 혹은 '너와 자주 가던 연남동을 거닐다', 뭐 이런 간지 나고 그럴싸한 계기로 헤어진 옛 연인을 떠올리는데, '맨손으로 설거지하다' 떠오르는 건 멋이라곤 정말 하나도 없다.

그래도 다행이다.

스스로 기억조차 할 수 없던, 마음속 깊이 있던 너의 흔적 하나를 이렇게 지울 수 있어서. 이래서 오래 연애를 하면 그에 비례해 혼자 있는 시간이 필요하단 말이 맞나 보다.

이렇게 바보같이 왈칵 눈물을 쏟아내는 것도 이번이 마지막일 거야. 다음번에 맨손으로 설거지할 땐 아무렇지 않게 콧노래를 부르며 그릇을 닦고 있기를.

죽을 만큼 ——

　　　괴로운 순간은 있지만

　　　　　영원히 고통스러운 삶은 없다.

이제 정말 네가 아닌 누군가를 사랑할 준비가 된 것 같다.
길고 길었던 추억을 밟는 일도, 거의 끝나가는 듯하다.

절대로
　　　하지 말아야 할 말

주형 오빠는 남들 앞에서도 대놓고
언니한테 애정 표현하고 난리더라.
오빠도 좀 그러면 안 돼?

　내 여자친구는 정말 사려 깊은 사람이었다. 세상 누구보
다 내가 제일 좋고, 혹시 내가 크게 다쳐서 일도 못하고 움직
이지 못하게 된다 해도 변치 않고 나를 사랑할 거라고 진심
을 담은 눈빛으로 말하던 그녀였다. 언제나 내가 마음 놓고
사랑할 수 있도록 말과 행동을 가려서 하는 사람이었다. 그
건 정말 쉽지 않은 일이다. 아무리 좋아하는 마음이 진심이

라 해도, 사랑을 담아 내뱉은 말이 예상치 못하게 상대방에겐 부담이나 상처가 될 수 있기 때문이다.

그러던 그녀가 나를 누군가와 비교한 것은 저 때가 유일했다. 이천 일이 넘는 시간 동안 딱 한 번. 우리 둘 다 친했던 지인이, 결혼할 사람을 소개시켜주는 자리가 끝나고 나오면서 했던 말이었다. 그런데 그 딱 한 번의 말이 헤어진 지 1년이 다 되어가는 지금도 가슴에 박혀 있다.

사랑하는 사람에게 가장 하지 말아야 할 말은 누군가와 비교하는 말이다. 그것은 상대방과의 관계를 위태롭게 할 뿐만 아니라 비교의 대상이 되는 사람과의 관계 역시 무너지게 만든다. 말하는 사람, 듣는 사람, 그리고 비교를 당하는 사람 모두에게 최악의 결과를 안겨주는 것이 바로 비교하는 말이다. 그리고 비교로 인해 시작된 나쁜 감정은 쉽게 잊히지도 않는다.

인간이 느끼는 감정 중에서 가장 악질적인 것이 바로 '열등감'이다. 한 번 생긴 열등감은 웬만해서는 극복할 수 없다.

사랑은 상대방이 나의 최선이자 유일한 존재라는 믿음으로부터 출발한다. 스스로 그렇게 느껴야 한다. 그리고 상대방이 그렇게 믿도록 만들어야 한다. 그 믿음이 흔들리는 순간,

그 사랑에는 균열이 가기 시작한다. 나는 그저 별 뜻 없이 지나가며 한 비교의 말이, 아주 작은 틈이 되어 상대방의 마음을 조각내기 시작하는 것이다.

헤어짐도 마찬가지이다. 한 사람과의 관계가 정리되기 전에 다른 사랑을 시작해서는 안 된다. 그것은 전 연인의 마음에 극한의 열등감을 심어주는 일이다. 남겨진 사람은, 끊임없이 전 연인의 새로운 사람과 자신을 비교하며 스스로를 괴롭히게 된다. 세상에 따뜻한 이별은 없다. 하지만 이렇게 상대방의 마음에 열등감을 남기고 가는 것만큼은 피하는 것이 최소한의 예의다.

손등에 가시가 박혀 있으면 그 위에 아무리 연고를 발라도 통증이 가시지 않는다. 당신이 찔러놓고 간 열등감은 누군가의 마음에서 뽑히지 않는 가시가 되어 있을지도 모른다. 그러니 사랑하고 있을 때에도, 헤어질 때에도, 상대방을 누군가와 비교하는 말은 절대로 해서는 안 된다.

어느 날 당신 여자친구가 TV를 보다가 "오빠, 오빠는 내가 더 예뻐, 송혜교가 더 예뻐?"라고 묻는다면 그건 진짜 누가 더 예쁜지 궁금해서 묻는 게 아니라 당신의 마음을 확인하고 싶은 것이다. 그러니 단 일 초도 망설이지 말고 대답할 것.

당연히 네가 더 예쁘지.

그리고 덧붙일 것.

근데 자기야,

나는 비교하는 것도 싫고, 비교당하는 것도 싫어.

나한테는 ──

　　　　　네가 최고야.

그것만은 믿고 누구랑도 비교하지 마. 알았지?

이직해도 괜찮겠지?

퇴사한다. 5년이 넘는 시간 동안 나를 성장시켰고, 때론 울게 만들었고, 경제적으로 여유를 갖게 해주었고, 몸과 맘을 지치게 만들었으며, 또 좋은 사람들을 만나게 해주었던 나의 첫 직장.

수많은 취업 도전 중 가장 먼저 나에게 합격의 기쁨을 알게 해준 회사였다. 아직도 합격자 발표가 나던 날을 잊을 수가 없다. 이 회사의 일원이 된다는 사실에 가슴 벅차서 합격자 명단에 뜬 내 이름을 한참 동안 바라보고 또 바라보았다. 그 뒤로 몇 군데 회사에 추가로 합격했지만, 결국 선택은 내게 첫 떨림을 안겨준 이 회사였다. 그렇게 나는 어둑어둑한 새벽, 캐리어를 끌고 신입사원 연수에 들어갔었다.

나의 첫 직장은 대한민국 사람이라면 누구나 알 만한 대기업이다. 원래 이 회사에서 내가 하고 싶었던 일은 없었다.

그런데 내가 입사할 당시, 회사에서 의욕적으로 새로운 시도를 해보겠다며 별도의 조직을 만들었다. 당시 막 떠오르던 분야의 콘텐츠/서비스 사업을 시작하면서 수많은 경력과 신입을 모으고 있었다. 그 사실을 듣고 나니 한번 해볼 만하겠다는 생각이 들었다.

회사는 그 악명만큼이나 많은 일을 시켰다. 그래도 즐거웠다. 비록 내가 있던 부서가 성공적인 결과를 낸 것은 아니었지만, 회사의 전성기에 내가 함께하고 있다는 사실이 자랑스러웠다. 일은 넘쳐났다. 이 분야에 대해서 아무것도 모르던 신입사원도 어느덧 선배가 되고, 대리가 되어 제법 제 앞가림을 하는 직장인이 되었다.

하지만 힘들었다. 회사에서는 계속해서 새로운 문화, 유연한 조직을 만들겠다고 혁신, 혁신을 외쳤지만, 변화하기에 이 회사의 몸집은 너무 컸다. 또한 변화하기에는 이전의 성공이 너무 커 그것을 놓지 못했다. 대단한 성공을 발판으로 임원이 되고 의사 결정권자들이 된 사람들은 본인의 경험에 대해 흔들리지 않는 강력한 믿음이 있었다.

결국 여기도 어쩔 수 없는 '대기업'이었다. 수많은 회의와 보고, 불필요한 절차들과 부서 이기주의는 점점 구성원들을 무기력함으로 몰고 갔다. 번뜩이는 아이디어, 넘치는 끼와 열정으로 가득했던 개인들은 점차 적당히 자기 일만 하면서 고과를 챙기고, 적지 않은 월급을 받는 것으로 그럭저럭 만족하는 회사원이 되어가고 있었다.

결정적으로, 내가 이 회사에 들어온 이유였던 신 사업부가 해체되었고 콘텐츠/서비스 사업이 대폭 축소되었다. 함께 일하던 사람들은 갈기갈기 찢겨 자기 의사와 상관없이 여기저기로 보내졌다. 나는 그나마 지원했던 부서로 전배를 오는 행운을 누렸지만, 아무래도 내가 가장 잘하는 분야가 아니다 보니 계속해서 겉도는 느낌을 지울 수가 없었다.

직장 생활 6년 차, 서른둘. 이제는 선택해야 했다. 여기에 계속 머무르며 안정적인 생활을 하는 데 만족할 것인가, 아니면 이 모든 특권과 혜택을 버리고 내가 하고 싶은 일을 하러 떠날 것인가. 많은 고민을 했다. 장고 끝에 내린 선택은 떠나는 것이었다.

그리하여 작년 말부터 여기저기 가고 싶은 회사들을 찾아보고, 경력 채용 공고가 뜨는지 살펴보며 지원하였다.

어디나 개발자는 많이 뽑았지만 나처럼 머리와 입으로

먹고사는 기획자는 잘 뽑지 않았다. 그래도 천만다행으로, 내가 꼭 가고 싶던 회사에 자리가 났다. 몇 년 만에 열심히 자기소개서를 쓰고 면접을 보아 최종 합격하게 되었다.

새로 가게 되는 회사는 젊고 성장 가능성이 높은 회사지만 지금 회사보다 유명하진 않다. 어른들 중에는 잘 모르는 분들도 많았다. 그래서 이직을 하겠다고 했을 때 부모님의 걱정이 대단했다. 말씀으로는 내 선택을 존중한다고 하셨지만, 꼭 그렇게 좋은 회사를 제 발로 박차고 나와 잘 알지도 못하는 회사에 가야 하느냐는 속마음까진 감추지 못하셨다.

연봉도 더 적어진다. 솔직히 연봉을 생각하면 이 분야에선 그 어떤 회사도 가기가 어렵다. 그만큼 내 나이와 경력에 비해 많은 것을 주던 회사다. 언젠가 떠날 거라고 생각했기에 그돈들을 허투루 쓰지 않고 알뜰히 모아두었지만, 그래도 막상 내 수입이 줄어들 거라 생각하니 걱정되는 것도 사실이다.

이 모든 상황에도 불구하고, 나는 아직 가슴 뛰는 일을 하고 싶기에 이직하기로 결정했다. 그런데 엉뚱하게도 이직을 결정하고 가장 먼저 든 걱정은 바로 이거다.

'나, 소개팅 할 수 있을까?'

그렇다! 얼굴이 잘생긴 것도 아니고, 키가 큰 것도 아니고, 집안이 좋은 것도 아니고, 몸짱도 아닌 내가, 그나마 소개팅 시장에서 내세울 만한 건 대기업에 다닌다는 사실밖에 없었다. 어떤 성격을 가지고 있고, 어떤 것을 좋아하고, 이렇게 글도 쓰고, 나름 열심히 살고 있다는 사실은 내 프로필이 될 수 없었다. 그런 건 일단 만나고 난 다음에 꺼내놓을 수 있는 것이었다. 남자인 나의 소개팅이 성사되기 위한 첫 번째 조건은 바로 '직장'이었다.

그런데 난 새 여자친구가 생기기 전에 이 그럴싸한 프로필을 스스로 걷어차 버렸다. 새로 가는 회사도 이 업계에서는 잘 알려진 회사지만, 이 분야에 대해 잘 모르는 사람에게는 천지차이일 것이다. 좀 웃기긴 하지만, 이건 매우 실제적인 문제였다. 어차피 지금은 나 혼자 사니까 경제적인 부분이나 복지 같은 건 스스로 조절하며 살면 된다. 하지만 '나 이제 소개팅 나가기도 전에 까이면 어떡하지?' 하는 이 고민은 꽤나 진지하게 다가왔다.

그렇다고 결혼할 사람이 생긴 뒤에 회사를 옮기겠다고 하는 것도 좀 그렇잖아?! 그건 사기 같기도 하고, 내 이직을 상대방이 탐탁지 않게 생각할 수도 있고. 스스로 생각해봐도 참 '웃픈' 고민을 나는 한참 동안 하고 있었다.

결론은, '그럼에도 불구하고' 떠나는 것이었다. 무엇보다 내가 행복해야 누군가를 사랑할 수 있는 거니까. 그리고 이런 내 꿈과 바람을 이해해주지 못하는 사람이라면 내 짝이 아니라는 생각이 들었다. 이건 너무 당연한 것이었다. 그런데 머리로는 정말 이렇게 생각하는데, 솔직히, 아주 솔직히 말하면 지금도 마음은 조금 불안하다.

글쓰기 공간 '브런치'에는 퇴직과 이직에 관한 글들이 많다. 그것들을 읽노라면 갑갑한 현실을 박차고 꿈을 찾아 나온 작가님들의 용기에 고개를 끄덕이며 박수를 보내게 된다. 나도 대기업을 퇴사할 때는 그렇게 멋지게 나오고 싶었다.

그런데 나는 그렇지 못하다. 하하! 솔직히 그렇다.

불안하고, 걱정된다. 일하는 곳이 다 거기서 거기라는 어른들의 말이 왠지 더 크게 다가온다. 그래도 5년이 넘는 시간 동안 쌓아온 것도 있는데, 굳이 이것들을 버리고 연봉도 깎여가며 꿈을 찾겠다고 떠나는 것이 잘하는 짓인지 계속해서 고민하게 된다. 그리고 꿈, 열정, 미래, 이런 것보다도 소개팅이 잘 안 되면 어쩌나 걱정하고 있으니, 나는 얼마나 소심한가.

하지만 어쩌겠는가. 이것이 100% 리얼한 나의 모습이다.

3월 31일이 마지막 출근일이다. 그리고 4월 18일에 새 직장으로 출근을 한다. 3월 중순 최종 합격 통보를 들었는데, 아마도 회사에서는 4월 초부터 일을 시작하기 바랐을 것이다.

그런데 인사 면담을 하면서 부탁했다. 다른 건 다 알아서 하셔도 좋은데 퇴사와 입사 중간에 시간을 좀 주셨으면 좋겠다고. 휴가도 제대로 받지 못하고 5년 넘는 시간 동안 일했는데 나에게도 재충전의 시간이 필요하다고. 회사에서 나의 부탁을 흔쾌히 들어주는 걸 보고 적잖이 마음이 움직였다. 회사가 내 목소리에 귀를 기울인다는 사실이 몹시 감동적이었다.

그래서 3월 31일 날 퇴사를 하고, 그 길로 인천공항으로 가서 독일로 가는 비행기를 탄다. 학생 때는 시간이 많았지만 돈이 없었고, 취직을 하고 나서는 돈은 있지만 시간이 없었다. 내 생애 최초로 돈과 시간을 가지고 홀로 13일간의 여행을 떠난다. 너무너무 기대된다. 이 13일간의 선물 같은 시간만으로도 이직을 후회하지 않을 것 같다.

그 이후의 것들은 생각하지 않으련다. 즐겁겠지. 행복할 거야. 그리고 좋은 사람 만날 수 있을 거야. (장가갈 수 있을 거야!)

스스로를 위한, 용기와 응원이 필요한 시간이다.

다 잘될 거다 ──!

독일에서,
만나다 1

: 사실은 말이죠

작년 말까지 몇 번의 소개팅을 하면서 느꼈다. 아무래도 타인의 추천을 통한 소개팅은 아니구나. 소개팅 자리에 나온 분들이 별로인 것은 결코 아니었다. 회사에서, 교회에서, 혹은 일상에서 자연스레 만났더라면 분명히 호감을 느꼈을 만한 사람들이었다. 단지 소개팅이라는 상황 자체가 나에게는 그어떤 설렘과 사랑의 감정을 느끼지 못하게 한다는 생각이 들었다.

그래서 전략을 조금 바꾸었다. 누군가가 소개해주는 사람을 만날 게 아니라 어떤 경로로든 내가 먼저 호감을 느낀 사람을 소개해달라고 부탁하는 것이다.

올 초, 독일에서 유학을 하고 있던 페북 친구가 자기 지인과 함께 찍어서 올린 사진을 우연히 보았다. 내 친구는 원래 베를린에서 공부하고 있었는데, 함부르크에 놀러 갔다가 거기 있는 친구와 함께 식사를 하면서 찍은 사진이었다. 그런데 그 사진 속에 있던 내 친구의 친구가 너무 밝고 예뻐 보였다.

사진 속 그녀가 남긴 댓글도 있었다. 얼른 링크를 타고 그녀의 타임라인으로 가보았다.

내 친구가 성악을 전공하고 있고, 독일에는 음악 공부를 하는 사람들이 많기 때문에 그녀 역시 음악 공부를 하는 사람일 것 같았다. 그런데 내 예상이 틀렸다. 그녀는 독일에서 독어학을 공부하고 있었다. 일단 인문학을 전공하고 있다는 사실이 참 반가웠다. 게다가 독일에서 독어학을 공부한다니!

정말 멋지다는 생각이 들었다.

사진으로 보기에는 무척 어려 보였는데, 내 친구와 주고받은 댓글을 보니 동갑인 듯했다. 그렇다면 나와 네 살 차이. 그렇다! 궁합도 안 본다는 네 살 차이다. 평소 그 친구와 그리 교류가 많은 사이가 아니었기에 조금 망설여졌다. 평소엔 아무 연락도 없다가 갑자기 너의 친구가 너무 괜찮아 보인다고 소개해달라고 말하면 나를 이상하게 생각할 것 같았다.

게다가 그 친구와 그녀는 둘 다 독일에 있는데, 한국에 있는 내가 뭘 어쩌겠다는 것인가!

며칠간 고민했다. 하지만 시간이 지날수록 이 사람을 꼭 만나고 싶다는 생각이 강하게 들었다. 이대로 그냥 포기하면 후회할 것 같았다. 그래서 용기를 내어 내 친구에게 말을 걸었다. 오랜만이라고, 잘 지내냐고, 독일 생활은 어떠하냐고.

처음 말을 걸었을 땐 쉽게 그녀에 대해 물어볼 엄두가 나지 않았다. 그날은 그냥 안부만 묻고는 대화가 끝났다. 그러고 나서 며칠을 끙끙대다가 결국 다시 말을 걸었다.

실은 며칠 전에 네가 함부르크에서 만난 그 친구 분 인상이 너무 좋아 보여서 말을 걸게 되었다고. 혹시 그 친구 지금 만나는 사람이 있냐고 물었다. 내 친구는 약간 당황하더니, 지금 아마 만나는 사람은 없을 거라고 대답해줬다. 하지만 작년에 박사 과정을 시작한 터라서 앞으로 2년은 더 독일에 있어야 하고, 공부를 하느라 한국에도 잘 가기 어려울 거라고 말했다.

나는 그녀가 현재 만나는 사람이 없다는 사실만으로도 가슴이 뛰었다. 아, 그렇구나. 알겠어. 내가 언젠가 독일에 놀러 가게 되면 소개 한번 시켜줘. 그렇게 가볍게 이야기를 하고 대화를 마무리했다.

그날, 마음먹었다.

어떻게든——

——최대한 빨리

독일로 가자.

나에게는 두 가지 방법이 있었다. 하나는 5월 초쯤 있는 어린이날 연휴를 끼고 십 일간의 휴가를 내는 것. 두 번째는 고민만 하고 있던 이직 계획을 실행에 옮기는 것. 그렇게 해서 퇴사와 입사 사이에 시간을 벌어 독일로 여행을 가는 것이었다.

주저하고 있던 마음은 적극적으로 변했다. 평소 눈여겨보았던 몇 군데 회사들의 채용 공고를 훑어보기 시작했다. 마침 운명처럼 내게 딱 맞는 포지션의 채용 공고가 하나 있었다. 그 어느 때보다 간절함으로 가득했다. 정성 들여 자기소개서를 쓰고, 포트폴리오를 작성했다. 심지어 같이 일했던 파트너사와 이미 퇴사한 전 직장 동료들을 통해 추천서까지 받아 덧붙였다.

물론 이직의 가장 큰 이유는 더 가슴 뛰는 일을 하기 위함이었다. 하지만 독일에 있는 그녀의 존재가 내 마음을 움직이는 불씨가 되었다. 그녀를 만나기 위해서라면, 이 정도의

도전은 감당할 만하다는 생각이 들었다.

　정말 운 좋게도 원하던 회사에 합격했다. 입사 조건을 조율하던 내게 가장 중요한 한 가지 조건은 다름이 아닌 최대한 늦게 입사를 하는 것이었다. 그래야 전 회사를 퇴사하고 독일에 다녀올 수 있기 때문이었다. 물론 소개팅을 하기 위해 입사를 늦게 하고 싶다고 말하진 않았다. 리프레시할 시간이 절실하다는 이유로 입사를 미뤄달라고 부탁했다. 새 회사는 이 부탁을 흔쾌히 들어주었다.

　모든 조건이 다 조율되고 최종적인 입사 확정 메일을 받은 날,

나는

함부르크행 비행기 표를

끊었다.

독일에서, 만나다 2

: 운명이 있다면

4월 2일 함부르크.

독일 북부 지역의 날씨는 보통 흐리고 비가 많이 온다던데 내가 도착한 이후 너무나 화창하기만 하다. 오늘은 독일에 도착한 지 이틀째 되는 날이다.

3월 31일 오후 다섯 시쯤, 동료들과 인사를 하고 마지막남은 짐을 챙겨서 퇴사했다. 이별의 아쉬움에 젖어 있을 틈도 없이 바로 짐을 싸서 공항으로 출발해야 했다.

그냥 홀가분하게 떠나는 여행이었다면 이렇게 많은 짐이필요치 않았을 것이다. 하지만 이 여행의 가장 큰 목적은 '그녀'를 만나는 것이었다. 몇 번 만날지 모르지만 꾀죄죄한 모습은 보이고 싶지 않았다. 그래서 상하의 맞춤으로 다섯 벌의 옷을 챙겼다. 4월 초의 독일 날씨는 꽤나 춥다고 하여 외투까지 두세 벌 챙기고 나니 26인치 캐리어를 확장해도 부족할 판이었다.

그녀와 처음 만날 때 입을 옷은 최대한 구겨지지 않아야 하기 때문에 고이고이 개고 세탁소 비닐에 잘 싸서 캐리어 맨 위쪽에 넣었다. 20킬로가 살짝 넘는 캐리어를 끌고 드디어 공항 열차에 탑승했다.

4월 1일 새벽 한 시. KLM 비행기를 타고 독일로 출발했다.

암스테르담 스키폴 국제공항 대기 시간까지 합쳐 총 열일곱 시간에 가까운 비행 끝에 함부르크에 도착했다. 호텔에 짐을 풀고 나니 독일 시간으로 정오였다. 그녀와의 약속은 일부러 둘째 날 잡았다. 장시간의 여행을 거치고 시차 적응도 되지 않은 모습으로 그녀를 만나고 싶지 않았기 때문이다.

오롯이 주어진 혼자만의 하루. 차는 없지만 차에 관심이 많은 나는 기차를 타고 폭스바겐 그룹 본사가 있는 볼프스부르크로 무작정 떠났다. 그곳에서 폭스바겐 테마파크인 아우토슈타트를 신나게 구경하고, 다시 함부르크로 돌아왔다. 호

텔에 도착해 맥주 한 캔을 마시고는 독일에서의 첫날 밤을
보냈다.

　드디어 그녀와 만나기로 한 날.

　약속은 오후 열두 시 반이었지만, 시차 때문인지 설렘 때
문인지 아침 일곱 시 반에 깼다. 나는 중앙역으로 나가 간단
히 아침으로 먹을 빵을 사면서 꽃집이 어디에 있는지 찾기
시작했다. 다행히 지하에 괜찮아 보이는 꽃집이 있었다. 아직
문을 안 열었지만 아마 점심때쯤엔 열었으리라 생각하며 다
시 호텔로 돌아왔다.

　짧은 잠을 청하고 다시 열한 시쯤 일어났다. 양치를 하고,
샤워를 하고, 면도를 하고, 잘 펴서 걸어놓은 옷을 입고 머리
를 만졌다. 두근두근. 심장이 평소보다 조금은 빨리 뛰는 것
이 느껴졌다. 소개팅에 나갈 땐 항상 약간의 궁금함과 약간
의 설렘을 갖게 되지만, 머나먼 독일에서의 소개팅이라니. 참
특별한 경험임에 분명했다.

　열두 시쯤 다시 중앙역에 도착해 아침에 봐놓은 꽃집으
로 향했다. 아마도 튤립이 가장 제철인 것 같았다. 그중에서
도 카운터 앞에 놓인 보라색 튤립이 가장 매력적으로 보였
다. 한 송이에 1유로. 다섯 송이의 튤립을 포장했다.

그리고 그녀와 만나기로 한 중앙역 정문으로 걸어갔다.
그곳엔 사진으로만 봤던 그녀가 서 있었다.

안녕하세요, H 씨.

아, 안녕하세요!

반갑습니다. 연락 드렸던 ○○예요.
자, 여기.

어머, 이게 뭐예요?

H 씨 드리려고 산 거예요.
이 꽃 좋아하실지 모르겠네요.

와, 저 보라색을 제일 좋아하는데.
감사해요. 너무 예뻐요.

보라색을 제일 좋아한다는 그녀의 말이 사실인지 아닌지
알 수는 없다. 하지만 그것이 뭐 그리 중요하겠는가. 그녀가 이전에 보라색을 좋아했든 싫어했든 오늘부터 이 꽃을 계기로 보라색을 좋아하게 된다면 그 이상 바랄 것 없지 않은가.

우리는 점심때 얇은 독일식 피자와 슈니첼을 먹고, 자리를 옮겨 카페에서 아이스크림을 먹었다. 독일 오기 전에 물어볼 게 있어서 이미 카톡으로는 몇 번 대화를 나눈 적 있었다. 그래서인지 그녀는 나를 '오빠'라고 불렀다. 혹시 독일까지 찾아오겠다고 하면 이상한 사람으로 생각할까 봐 내심 걱정했는데, 거리낌 없고 친근한 그녀의 태도에 나도 마음이 놓였다.

우리는 참 많은 대화를 나누었다. 내가 어떤 마음으로 독일에 오게 되었는지부터 시작해서 각자가 하는 일, 지금껏 살아온 삶에 대해 이야기했다. 정말 놀라운 것은, 이야기를 하면 할수록 이 사람이 내가 마음속으로 생각했던 내 이상형 그 자체라는 확신이 들었다. 외모적인 부분이야 페북 사진을 보고 한눈에 반한 터라 두말할 것도 없었다.

그녀는 독일에서 독어학을 전공하고 있었다. 그런데 언어학 중에서도 음운론 쪽이 아니고 효용론 쪽을 공부하고 있었다.

특히 미디어와 정치 분야의 언어 사용에 대해서 전문적으로 공부한다고 했다. 내 전공이 바로 미디어의 커뮤니케이션을 다루는 '언론정보학'. 나 역시 평소 정치 쪽에 관심이 많아 그 부분에 대한 여러 가지 생각들을 하고 있던 터였다. 소개팅 자리에서 나누기엔 좀 웃긴 주제이긴 하지만, 각자가 경험하고 생각한 정치 커뮤니케이션에 대해 많은 이야기를 나누었다.

지난 대선의 슬로건들, 사람들의 반응, 이번 총선의 전개 방향, 독일 정치에 대한 간략한 소개, 그리고 한국과 독일의 차이점과 공통점 등등, 우리는 나눌 이야기가 너무나 많았고, 서로 이런 이야기를 할 수 있는 이성이 있다는 사실에 놀랐다. 더군다나 그녀와 나의 정치적 성향은 거의 완벽하게 일치했다.

오빠, 제 전공에 대해서 이렇게
대화를 나눌 수 있는 친구를 만날 거라고는
생각도 못했어요.

그녀는 거의 평생을 서울에서 살았다. 그런데 또 신기한 건 아버지께서 호남 출신이고, 바로 지금 내 고향인 광주로 발령이 나 부모님께서 그곳에 살고 계신다고 했다.

게다가 광주 부모님 대에는 어렸을 때부터 키우고 있는

강아지 두 마리가 있다고 했다. 서로 키우는 강아지가 있다는 사실을 알고는 신이 나서 각자의 강아지 사진을 보여주며 한참을 웃었다. 보는 것만으로도 마음이 따뜻해지고 행복해지는 녀석들 덕분에 그녀와 나의 공감대도 깊어졌다.

마지막으로, 홀로 독일에 와서 타지 생활의 어려움에도 불구하고 그녀는 자신이 하고 싶은 공부에 대한 열정과 열망이 대단한 사람이었다. 그야말로 내가 마음속으로 생각했던 이상형 그 자체였다.

그렇다면 그녀는 어땠을까? 그녀의 이상형은 교회 다니는 사람, 담배 안 피우는 사람, 술을 잘 못 마시는 사람, 강아지를 좋아하는 사람, 글을 잘 쓰는 사람, 그리고 자기의 전공에 대해서 함께 대화할 수 있는 사람이라는 것을 알게 되었다. 나 역시 그녀의 이상형에 딱 맞는 사람이었다.

그리고 이렇게 본인을 만나기 위해 한국에서 독일로 왔다는 것이 참 신기하고 기쁘다고, 용기를 내주어 고맙다고 했다.

우리는 네 시간 반 동안 대화를 나누었다. 아직 할 이야기가 많았지만, 그녀가 다음 주 월요일부터 독일 학생들을 대상으로 강의를 시작하는데 준비할 게 많아서 저녁은 먹지 못하고 헤어져야 했다. 독일 학생들을 대상으로 독어학 강의라니! 나는 다시 한 번 그녀에게 푹 빠져들었다.

그녀를 바래다주러 역으로 가는 길.

근데 오빠, 제 생일이 언제인지 아세요?

음… 아니요.

한번 맞춰보세요.

어… 글쎄요, 혹시 여름?

맞아요~

와! 나도 여름에 태어났는데.
H 씨도 혹시 7월에 태어났어요?

네.

오, 대박! 며칠인데요?

맞춰보시라니까요~

엥? 설마… 에이,

설마… 16일?

맞아요!

헉! 진짜요?

거짓말 아니고, 진짜로?

네, 진짜로!

저는 페북에서 보고 오빠 생일 알고 있었어요.

근데 우리가 생일이 같다는 걸 알고

저도 얼마나 깜짝 놀랐는지 몰라요.

저는 언제나 제 삶에 운명 같은 사람이

나타났으면 좋겠다고 생각했는데….

오빠 ————,

우리 정말 운명인지도 모르겠어요.

독일에서,
만나다 3

: 또 내가 얘기하듯이

첫 만남 이후 우리는 삼 일간 더 만났다. 그리고 나는 홀로 일주일 동안 뮌헨과 베를린을 여행했다. 지난 일주일간 함께하지는 못했지만 독일에 익숙지 않은 나를 그녀는 살뜰히 챙겨주었다.

4월 11일, 한국으로의 귀국을 하루 앞두고 다시 함부르크로 돌아오는 기차를 탔다. 그날 저녁에 다시 그녀를 만나기로 했다.

오후 다섯 시, 함부르크에 도착해 숙소에 짐을 풀고 바로 그녀를 만나러 중앙역으로 갔다. 갑자기 기온이 뚝 떨어져서 밖은 몹시 추웠는데 그녀가 정거장에서 나를 기다리고 있었다.

다시 만난 우리.

서로를 바라보는 눈에는, 서로에 대한 마음이 가득했다.

지금껏 많은 글들을 통해 이야기했던, 바랐던, 꿈꿨던 사랑이 내 앞에 있었다. 우리는 각자의 마음을 숨김없이 나누었다. 그리고

앞으로의 시간들을

함께하자고

—— 약속했다.

내일이면 나는 독일을 떠나 한국으로 돌아가야 한다.

우리는 꽤나 오랜 시간 서로의 존재를 가까이서 느낄 수 없다는 사실이 너무나 슬펐다. 그래서 최대한 가까이, 최대한 오래, 최대한 간절하게 사랑하는 이의 손과 입술과 머리카락과 몸을 느끼고 어루만지며 우리에게 주어진 일 분 일 초를 흘려보냈다.

그렇게 독일에서의 마지막 밤이 흘러가고 있었다.

: 꿈에서 깨어, 다시 일상의 아침으로

그녀에게 고백을 하고, 그다음 날 한국으로 귀국했다. 우리는 독일과 한국으로 떨어져 연애를 시작했고, 그로부터 한 달 뒤에 헤어졌다.

처음엔 다른 모든 시작하는 연인들처럼 하루에 수백 통의 카톡과 사진을 주고받으며 행복한 일상을 나누었다. 그러다 또 모든 연인들처럼 별것 아닌 문제로 싸우기도 했고, 다시 화해하여 '사랑한다, 보고 싶다'고 문자를 주고받았다.

하지만 불행히도 대부분의 연인들처럼 싸웠다, 화해했다를 반복하진 못했다. 두 번째로 크게 싸우던 날, 결국 우리는 이별을 택했다. 헤어진 이유를 찾자면 끝도 없을 것이다.

하지만 가장 힘들었던 것은 두 가지였다. 시간 그리고 공간.

일곱 시간의 시차로 인해서 그녀와 내가 실질적으로 대화할 수 있는 시간은 얼마 되지 않았다. 그녀가 일어나 하루를 시작할 시간이 나는 새 직장에서 새로운 환경에 적응하느라 온 신경을 집중하고 있을 때였다. 내가 버거운 하루를 마치고 돌아오는 길은 그녀가 오롯이 공부에 집중해야 할 타이밍이었다.

무엇보다도, 내가 잠자리에 드는 시간이 그녀에게는 오후 다섯 시쯤이었다. 내가 먼저 잠들어버린 후 남은 저녁 시간은 오롯이 그녀만의 것이었다. 내가 자느라 답장을 못함에도 불구하고 그녀는 잠자리에 들 때까지 홀로 수십 통의 카톡을 보냈다. 처음엔 괜찮았지만 그게 매일 반복되면서 행복에 가득했던 카톡들은 그리움과 애달픔으로 변해갔고, 결국엔 짜증과 불평불만으로 가득 찼다. 남자친구가 있는데도 잠자리에 들면서 "오늘도 수고했어. 잘 자."라는 말을 들을 수 없는 그녀의 마음은 어땠을까?

우리는 너무 멀리 떨어져 있었다. 일상의 버거움에 힘이 들고 지칠 때 혹은 서로에 대한 섭섭한 감정이 있을 때, 마주 앉아 얼굴을 보고, 서로의 눈빛을 확인하고, 손을 잡고, 꼭 안아줄 수 없다는 사실을 견딜 수가 없었다.

만약 우리가 가까이 있었다면 조금 다퉜다고 하더라도 만나서 이야기를 나누어 금방 화해할 수 있었을 것이다. 하지만 우리는 그럴 수가 없었다. 수화기 너머로 말과 말이 더해지고, 카톡으로 상처가 되는 문자만 오가니 서로의 감정은 더욱 악화될 뿐이었다.

결국, 우리는 헤어졌다.

그녀가 독일에서 박사 과정을 마치기까지는 앞으로도 2년이라는 시간이 더 필요했다. 그 긴 시간 동안 이 공간의 분리를 견딜 자신이 없었다.

그녀의 사진을 본 순간부터 시작됐던 마법 같은 시간들은 그렇게 끝이 났다. 나는 단꿈에서 깨어나 매일 아침 눈을 떠 핸드폰을 확인했을 때 단 한 통의 새로운 메시지도 와 있지 않은 일상으로 돌아왔다.

"그건, 반대입니다"

: 그녀의 단호한 거절

지난주 전 회사의 후배를 만났다. 전 회사에서 마지막으로 몸담았던 부서는 나와 아주 아주 다른 사람들로 넘쳐나는 곳이었는데, 그녀는 유독 말이 잘 통하는 후배였다. 그리고 내가 글을 쓴다는 사실을 알고 있는 몇 안 되는 지인 중 한 명이다.

이직하면서 급변한 나의 스타일에 대해, 옛 직장의 현황과 새 직장의 현황과 차이에 대해, 그녀의 고민과 나의 고민에 대해 우리는 이런저런 이야기를 나누었다. 그리고 시간이 깊어지면서 나의 독일 여행과 짧았던 연애 이야기로 흘러갔다.

그녀와 나는 연애와 사랑에 대해서도 많은 이야기를 나누는 편이었다. 그녀는 나보다 어리지만 일찍 결혼해서 유부월드에 살고 있었고, 나는 삼십 대가 넘어 솔로가 되었기에 정반대의 위치에서 살고 있었다. 그녀는 나의 이상형에 대해서 잘 알고 있었다. 내가 몇 번 소개팅을 부탁한 적도 있었다. 그랬기에 내 독일 여행 이야기에 누구보다 공감해주었고, 안타까워했다.

독일 여행 이야기를 다 들려주고 나서 내가 말했다.

그 연애 이후 내 이상형이 좀 바뀐 것 같아요.

어떻게요?

작년엔, 긴긴 연애에 지쳐서인지
막 가슴 뛰고 열정 넘치는 사랑을 원했어요.
근데 그런 사람을 만나 보니까, 참 힘들더라고요.
내 에너지가 그 정도라는 사실을 알게 됐어요.
그래서 지금은 좀 달라졌어요.
좋게 말하면 독립적인, 달리 말하면

조금은 무던하고 착한 사람과 연애를 하고 싶어요.
자기 삶과 일이 확실히 있으면서,
남은 부분을 서로 채워줄 수 있는 그런 사람?

사실이었다. 끊임없이 카톡을 주고받고, 매 통화마다 열과
성을 다해서 사랑을 표현해야 하는 연애는 나랑 맞지 않다고
생각했다. 나에겐 해야 할 일이 너무 많았고, 그것들과 균형을
맞추는 것이 필요했다. 그런데 그 말을 들은 그녀의 대답.

선배님, 저 그건 반대예요.

평소 다른 사람의 말에 단호하게 반대를 표하는 성격이
아니라는 사실을 잘 알고 있었기에 조금 놀랐다.

그건 사랑에 온 마음을 쏟지 않겠다는 거잖아요.
전 그런 연애는 반대입니다. 여자는요,
아무리 나이가 들어도 남자가 온 마음을 다해
나를 사랑하고 있다는 사실 하나로 사는 거거든요.
자기 할 일 다 하고 남은 에너지로 하는 사랑은,
사랑이 아니라고 생각해요.

단호한 그녀의 말에 가슴이 뜨끔했다. 어찌 여자만 그렇겠는가. 사랑으로 사는 우리 모두가 마찬가지 아닐까?

일이 내 삶의 50을 차지한다고 해서, 나머지 50으로 사랑을 하려 했다. 그것은 어리석은 생각이었다.

사랑은 언제나 100으로 하는 것. 그리하여 내 삶의 지평이 150으로 넓어지는 것이야말로 사랑의 기적이 아닐는지.

그건, 반대입니다.

그녀의 단호한 거절이, 내 마음을 다시금 차오르게 만들었다.

이별에도
배려가 있다면

친구에게 마음으로 다가오는 사람이 생겼다는 소식에 진심으로 기뻤다. 하지만 인연이라는 것은 참으로 어렵고도 미묘한 것.

그 무엇보다도 '억지'라는 것이 통하지 않는 게 바로 연애이고, 사랑이 아닐는지. 결국에는 관계를 정리했다는 친구의 이야기를 들으며 그녀에게도, 그리고 얼굴도 모르고 이름도 모르지만 그녀에게 정성을 다했던 그분에게도 더 큰 행복이 있길 기원했다.

그런데 이별 이후 그분의 행동에 대해 듣고는 많은 생각이 들었다. 그녀와 함께 속해 있던 그룹의 단톡방은 물론이

거니와 카톡을 아예 탈퇴했다는 이야기. 카톡을 탈퇴했다는 건 인간관계의 단절 선언이자 잠적이 아닌가?

알고 있다, 그분이 얼마나 아플지. 갑작스러운 거절에 하늘이 무너질 듯이 아프고 힘들 것이다. 하지만 그런 자신의 슬픔을 나와 관계된 모든 사람에게 드러내고, 또 옛 연인에게 드러내는 것에 대해서 못내 마음이 불편해졌다.

대학교 때 사귀던 여자친구와 헤어지고 참 힘들어하던 중에 그 친구가 곧바로 나와 같은 공동체의 다른 남자 후배와 사귄다는 소식을 전해 들었다. 헤어짐의 아픔이 채 가시기 전이었는데 그녀가 벌써 다른 사랑을 시작했다는 말을 들으니 정말 하늘이 무너지는 것 같았다. 말을 옮기기 좋아하는 친구들은 나랑 헤어지기 전부터 이미 그녀의 마음이 그 친구에게 가 있었다고, 너만 몰랐던 거라고 얘기해줬다. 그것은 정말 최악의 이별이었다.

그때는 싸이월드의 기세가 절정에 달하던 시기였다. 내 또래라면 누구나 지금은 이불킥 백 번은 하고도 남을 간지러운 글을 미니홈피의 다이어리에 올린 적이 있을 것이다. 나는 이 참담한 마음을 – 사적인 공간이었지만 결코 사적이지 않은 – 다이어리에 아주 조금 풀어놓았다. 그리고 그 글을 보기 위해 내 미니홈피의 히트 수가 올라가는 것을 보면서, 참 유치하게도 통쾌한 마음을 느꼈던 것 같다.

그런데 며칠 후, 나와 가장 가까웠지만 또한 단호했던 여자 동기가 말했다. 그 글, 지우라고. 너 지금 정말 비겁하다고.

어쨌든 당사자 모두가 같은 공간에 속해 있는데, 내가 그렇게 공공연하게 그 두 사람을 비난하고 감정을 드러내는 것은 모두에게 좋지 않은 일이라고 했다. 더군다나 내가 남자 선배라는 위치에 있기에 더욱 신중해야 한다고 했다.

만약 그녀가 그냥 그 글을 지우라고만 했다면 몹시 불쾌하거나 납득하지 못했을 것이다. 그런데 그녀가 이렇게 덧붙였다.

지금 네가 원하는 건
네 감정을 공동체 모두에게 드러내고,
그녀와 그 후배가 불행해지는 게 아니잖아.
우리가 보듬어줄게. 아프다고 징징대는 건
네가 의지할 수 있고 너를 안아줄 수 있는
우리에게만 해도 충분해.

이별에 쿨해지라는 얘기가 결코 아니다. 관계를 정리한

쪽도, 거절을 당한 쪽도 함께하던 시간 동안 진심을 다했다면 이별에 쿨해질 수 있는 사람은 없다. 이별의 시간은, 내 마음을 마음대로 할 수 없는 가혹하고도 잔인한 때이다. 다만, 몇 번의 사랑만큼이나 몇 번의 이별을 경험해보니 그런 생각이 든다.

이별에도 배려가 있다면,
　　　그것은 최선을 다해서 아무것도 하지 않는 것.
죽을힘을 다해서
　　　괜찮게 지내는 것.

슬픔은, 각자가 감당해야 할 몫으로 벅차지 않은가.
아픔을 드러내는 것은, 여전히 내가 믿고 기댈 수 있는 사람들이면 충분하지 않은가.

짝사랑이
이루어진다면
얼마나 좋을까

요즘은 관심 가는 사람도 없고,
그냥 그렇게 지내요.

나이 먹으니 거짓말만 늘었다. 그렇다. 120% 거짓말이다.
연애를 안 한 적은 있어도 누군가를 마음속에 두지 않았
던 적은 없다. 한 번에 두 사람을 좋아한 적은 없지만, 아침
에 눈을 떠 아무도 떠오르지 않았던 적도 없다. 자기소개서
의 취미, 특기 란에 '짝사랑'이라고 쓸 수만 있다면 굳이 독서
나 영화감상 같은 것들 중에서 무얼 써야 할지 고민할 필요
도 없었을 것이다. 그래도 중간 중간 이 지옥 같은 '짝사랑'에

서 나를 구해준 그녀들이 있었기에 아직까지 숨을 쉬고 살아가는 걸지도 모르겠다.

이십 대 때는 짝사랑도 괜찮았다. 기다리는 시간도 아름다웠다. 그러다 결국 아무도 모르게 그녀를 마음속에서 밀어낸다 하더라도, 나는 또다시 사랑을 시작할 시간이 있었다.

하지만 삼십 대가 되니 그렇지가 않다. 만약 내가 그녀를 몇 년간 기다린다고 해보자. 그녀가 내게 올 거라는 확신만 있다면 몇 년이 문제겠는가. 하지만 만약 그녀가 결국 내게 마음을 열지 않는다면, 혹시 지금 만나는 사람 혹은 다른 사람과 결국 결혼하게 된다면…. 한 살 한 살 연애의 유통기한이 끝나가는 지금 짝사랑은 나에게 지나친 사치이고, 비싼 대가를 치러야 하는 낭만이 되어버린 듯하다.

그 친구에게 남자친구가 있다는 것은 처음부터 알고 있었다. 그런데도 점점 빠져드는 이 마음이 대책 없고 무서웠다. 여러 번의 소개팅을 해도 그녀와 이야기 나누던 시간들보다 조금도 즐겁지 않았다. 그녀의 한마디 한마디가 내겐 커다란 의미였다. 전혀 사적이지 않은 그녀의 연락에도 얼마나 기뻤는지 모른다. 그녀를 만나기 위해 엄한 주위 사람들을 끌어들여 별로 친하지도 않은 이들과 몇 번을 만나기도 했다. 당연히 그녀의 SNS에 올라온 모든 사진에 '좋아요'를 눌렀고, 나와 만나기 전에 올렸던 사진들까지 찾아봤다.

그럼에도 그녀에게 내 마음을 표현하기는 어려웠다. 나이 차이도 조금 있었고, 어쨌든 공적인 만남을 통해 알게 된 사이라서 이런 나의 감정이 일을 그르칠까 두려웠다. 그냥 그렇게 나는 앓고만 있었다.

'또 시작했네.'

아차 싶었지만, 그땐 이미 늦었다.

적잖은 시간 그녀를 알고 지내고 페북이나 인스타로 어찌 사는지 지켜보면서 마음속으로 작은 기대감을 갖기 시작했다.

그녀가 올리는 일상 사진들 중에 꽤나 오랫동안 남자친구와 찍은 사진이 올라오지 않았다. 혹시나, 혹시나 하는 마음이 들었다. 그녀가 지금 혼자라는 사실이 확실해지면, 이번엔 꼭 그녀에게 고백해야겠다고 생각했다.

하지만 그녀가 남자친구와 헤어졌다는 것을 알 수 있는 방법이 없었다. 전전긍긍, 내 마음은 더 심하게 앓기 시작했다.

너무 괴로워서 버티기 힘든 순간이 왔고, 그녀에게 직접 남자친구와 헤어졌는지 물어보려던 찰나! 그녀의 계정에 남자친구와 다정하게 찍은 사진이 올라왔다.

네모난 프레임 안에서 환하게 웃고 있는 그녀와 남자친구의 얼굴을 한참 동안… 한참 동안 바라보았다. 외면하지 말자고, 이것이 현실이니 이제 그만하라고, 제발 그만 좀 하라고 스스로를 다그쳤다.

다시 가을이 되었다. 그래서 지금은 어떻냐고? 글쎄… 주체할 수 없었던 마음은 많이 옅어진 것 같다. 하지만 다른 이가 내 마음속에 들어오기 전까지는 여전히 그녀가 나의 일순위인 것은 어쩔 수 없을 듯하다. 예전처럼 매일같이 그녀의 SNS에 들어가지는 않지만, 가끔 혹시라도 그녀와 남자친구가 함께 찍은 사진이 지워지진 않았는지 슬쩍 확인해본다.

노력하고 있다. 이렇게 시간이 흘러가는 것이 두려워, 누군가 만나 뜨겁게 사랑하기 위해 애쓰고 있다. 하지만 사람 일이라는 게 어디 마음처럼 되던가. 짝사랑도, 새로운 사랑도, 이 나이가 되었는데도 마음처럼 되는 게 하나도 없다.

짝사랑이 이루어진다면 얼마나 좋을까.

누군가 나에게 방법이라도 알려준다면 얼마나 좋을까.

끝까지 기다리라고, 아니면 지금이라도 그만두라고….

결국 그녀와 나의 관계가 어찌될지 알 수만 있다면 얼마나 좋을까.

(누가 봐도 안 될 게 뻔한데 나만 집착하고 있는 걸지도 모르지만.)

나에게 억만금이 있었으면 좋겠다. 그 돈을 다 주어 그녀의 마음이 나에게 올 수 있다면 그렇게 하고 싶다. 하지만 현실의 나에겐 억만금도 없고, 그녀의 마음이 어찌될지도 모르고, 시간은 점점 내 마음을 옥죄어 온다.

참…

삼십 대의 짝사랑만큼

멍청한 짓도 없는 것 같다.

영화가 끝나고,
화장실 앞에서

제법 쌀쌀해진 가을 저녁, 판교 현대백화점 9층 CGV IMAX관 출구 앞 화장실.

막 영화가 끝나고 화장실에 다녀왔다. 그런데 아직 그녀가 나오지 않아 기다리는 중이다. 주위엔 나 말고도 많은 남자들이 누군가를 기다리고 있다. 한 번도 여자 화장실에 들어가 본 적이 없기에 알 수 없지만, 동시에 화장실에 들어가더라도 항상 기다리는 것은 남자들의 몫이다. 여자 화장실은 미로처럼 더 복잡하거나, 남자 화장실엔 없는 무언가 특별한 일이 벌어지고 있는 게 아닌가 싶다.

실제로 화장실에서 나오는 여자들의 얼굴을 얼핏 보면

들어갈 때와는 무언가가 미묘하게 바뀌어 있는 듯한 느낌을 받게 된다. 주로 입술 부분인 것 같은데, 뭐 그렇게 유심히 본 것은 아니므로 더 이상의 자세한 설명은 생략.

누군가를 기다리고 있는 이분들 중에는 아마도 잘나가는 영화, 그것도 IMAX관을 예약하기 위해서 나처럼 매일매일 영화 예약 앱을 들여다본 이들도 있을 것이다. 앱을 켰다 껐다 하면서 오늘 자 예약이 열렸는지 수시로 체크했을 것이다. 그리고 예약이 열리자마자 학창 시절 수강신청을 하듯이 광클 신공을 발휘해 예약에 성공하고는 그녀와 함께할 생각에 만세를 불렀겠지. 이 얼마 만에 느껴본 긴장감이란 말인가!

게다가 나는 그녀의 평일 일정을 알 수가 없어서 월요일, 화요일, 수요일 저녁을 연달아 예매했었다는 말씀! 긴장과 환희가 교차하던 세 번의 예매라니! 그 험난한 영화 예매에 성공한 동지들이라 그런지 왠지 모를 연대감이 느껴진다.

영화는 꽤나 재미있었다. 이제 막 영화가 끝난 후라서 장면 장면들이 머릿속에서 맴돌고 있다. 시각적 효과가 뛰어난 영화라 그런지 더욱더 잔상이 오래 남는다.

그런데 말입니다, 오늘 내 머릿속에 더 생생하게 남아 있는 것은 영화를 보던 중간 중간 웃고, 움찔하고, 안타까워하고, 통쾌해하던 그녀의 반응들이다. 내가 선택해서 같이 보자고 했던 이 영화를 그녀가 좋아할까, 온통 신경은 거기에 쏠려 있었다. 감독님, 고마워요. 오늘의 초이스는 괜찮았던 것 같아요.

혼자 있는 동안, 참 오랫동안 영화관에서 영화를 보지 못했다. 내가 이렇게 얘기하면 생각보다 많은 사람들이 "나는 영화관에서 혼자 보는 것도 좋아하는데."라고 말한다. 나도 지난 연애 기간 동안에는 그런 줄 알았다. 대부분은 같이 영화를 보았지만, 아주 가끔 혼자서 영화를 볼 때의 느낌도 괜찮았던 것 같다. 그래서 헤어지고 나서도 영화관에서 혼자 영화 보는 게 아무렇지 않을 줄 알았다.

아마도 문제는 코엑스 메가박스가 아니었나 싶다. 집에서 가장 가까우면서도 시설 좋은 영화관이 코엑스 메가박스였다. 헤어지고 나서 두어 번 정도 이곳에 혼자서 영화를 보러 갔다.

영화 보는 것 자체는 괜찮았다. 어차피 영화가 시작되면 불이 꺼지고, 누가 날 지켜보는 것도 아니니 대충 모자 하나 눌러쓰고 홀가분하게 영화 감상에만 집중할 수 있으니까.

그런데 문제는 그곳까지 오가는 시간들이었다.

영화관은 코엑스의 깊숙한 곳에 자리하고 있어서 그곳에 가기 위해서는 코엑스의 쇼핑몰과 식당가를 한참 가로질러 가야 했다. 주로 업무가 끝나고 볼 수 있는 저녁 영화를 예매했는데, 영화를 보러 가는 길에는 온통 커플들이 코엑스를 가득 메우고 있었다.

영화가 끝나면 열 시가 조금 넘는 시간이었는데, 그때는 또 사람이 아무도 없고 가게들도 문을 닫아서 텅 빈 코엑스를 터벅터벅 홀로 걸어와야 했다. 커플들 사이를 비집고 들어갔다가, 아무도 없는 코엑스를 홀로 걸어 나오는 기분. 한없이 외로운 그 느낌적인 느낌 때문에 나는 이후 혼자서 영화 보러 가는 것을 포기했다.

시간이 흐르니 누군가와 함께 영화를 보고 같이 좋아하는 그 공감이 사무치도록 그리웠다. 아무리 좋은 영화라도 혼자 감동 받고 혼자 삭이는 것은 공허했다. 점점 영화를 집에서 VOD로 다운받아 보는 일까지 줄어들었다. 너무너무 보고 싶은 영화는, 역설적으로 더 보지 않게 되었다.

'나중에 좋은 사람이 생기면 같이 봐야지.'

이렇게 미뤄놓은 영화가 한두 편이 아니었다.

화장실에서 누군가 나올 때마다 움찔움찔 모든 남자들의 시선이 쏠린다. 무심한 척 딴 데 보고 있는 고수들도 있지만, 그들도 온통 그녀가 나오는지를 신경 쓰고 있다는 것이 느껴진다. 화장실에서 나오는 그녀들은 휘 한 번 둘러보고는 본인의 짝꿍을 낚아채서(?) 팔짱을 끼고 에스컬레이터를 타러 간다.

한 명 한 명 떠나갈 때마다 우리는 암묵적인 인사를 나눈다.

짝꿍이 일찍 나오다니 좋겠네.

난 좀 더 기다려야 할 것 같아.

수고했어, 오늘도.

남은 시간도 행복하게 보내시게. 안녕히.

나의 그녀는 화장실에 들어가면 유독 시간이 더 오래 걸리는 것 같다. 아직 만난 지 얼마 안 돼서 그런지 무언가 더 많이 신경 쓰는 게 느껴진다. 나에게 가방을 맡기거나, 자리에 가방을 두고 가는 법이 없다.

괜찮은데. 신경 안 써도 충분한데.

드디어 그녀가 나왔다.

오래 기다리셨죠?

죄송해요.

아니에요.

금방 나오셨는걸요, 뭐.

그럼 갈까요, 우리?

"자기는
나 어디가 좋아?"
: 곁에 있는 이에게 듣고 싶은 말

우리 모두는 크고 작은 콤플렉스를 가지고 살아간다. 나의 가장 큰 콤플렉스는 체형에 관한 것이다.

나는 말랐다. 그냥 마른 게 아니고 몹시 말랐다. 스무 살 이후 받았던 신체검사에서 단 한 번도 '저체중'을 벗어난 적이 없다. 키도 큰 편은 아니지만 몸무게는 더하다. 내 몸무게를 듣고 "남자 몸무게가 정말?"이라고 의아해하는 사람들이 대부분이었다. 가끔 예능을 통해 공개되는 웬만한 여자 연예인들 몸무게와 비슷한 수준이니 말 다했다.

이 얘기를 들은 분들은 대부분 '말라서 좋겠다', '부럽다'라는 반응을 보인다. 특히 여자들이 더욱 그렇다. 내 몸에 관해 들었던 가장 인상적인 말.

"난 정말 너랑 딱 하루만 몸을 바꿨으면 좋겠다. 그럼 먹고 싶은 거 마음껏 먹을 수 있을 거 아니야. 나는 25년째 다이어트 중이란다."

주위의 반응이 이렇다 보니 예전엔 나도 내 체형과 몸무게에 대해서 크게 신경을 쓰지 않았다. 말라서 딱히 불편한 것은 없었다. 무거운 짐을 나를 때는 좀 힘들지만, 페트병 뚜껑 잘 따고 과자 봉지 뜯을 정도의 악력은 있으니 그럭저럭 살 만했다.

그런데 이른바 결혼 적령기(?)가 되고, 내가 남자로서 혹은 남편감으로서 평가를 받는 시기가 오니 점차 나의 마른 체형이 단점으로 부각되기 시작했다. 아무리 많이 바뀌었다고 해도 같은 조건이면 우리 사회에서는 듬직하고 단단한 남자가 더 우월하게 인식되는 게 사실이기 때문이다. 외모는 신경 쓰지 않는다는 그녀들. 하지만 그녀 곁에 있는 남자들은 모두 나보다 더 건장했다. 적어도 평균 범주 안에 들기라도 했다면 얼마나 좋을까. 이런 경험들이 계속 쌓이다 보니 점점 콤플렉스가 되어갔다.

나는 여름이 정말 싫었다. 겨울엔 두툼한 옷과 외투로 나의 체형을 감출 수 있지만 여름엔 그럴 수가 없다. 매일 가야

만 하는 공간에서 만나는 사람들이야 어쩔 수 없지만, 여름
에 누군가를 처음으로 만나는 것이 두려웠다. 첫인상부터 나
의 이 마른 모습을 적나라하게 보여주는 게 자신 없었다.

ㅇㅇ 씨는 언제 제가 좋아졌어요?

첫눈에 반했죠.

거짓말하지 마세요.
처음 봤을 때 당황하던 눈빛 다 기억합니다.

헤헤, 그러게요.
제가 언제 지은 씨에게 마음을 열었을까요?
음… 아마 지은 씨가
'저는 원래 마른 사람이 이상형이에요.'라고
말했던 순간이 아닐까요?

그래요?

네, 아마도 그때인 것 같아요.

나의 가장 자신 없는 부분, 나의 콤플렉스를 기꺼이 좋아한다고 말해주는 사람. 덕분에 스스로에 대한 부끄러움을 극복하고 나를 더 사랑할 수 있게 만들어준 사람. 이 사람이 내 연인이라면 참 좋겠다고 생각했던 것 같다.

"자기는 나 어디가 좋아?"

은근히 연인들 사이에 많이 하는 질문이다. 보통은 "다~ 좋아.", "좋아하는 데 이유가 있겠어?"라고 넘어가곤 한다. 그것이 사실일 수도 있다. 딱히 어느 부분이 좋다기보다는, 그냥 다 좋아서 좋은 것 말이다.

하지만 이렇게 말하면 어떨까? 그 사람의 눈을 바라보며, 진심을 다해 그 사람이 가장 자신 없어 하는 부분을 좋아한다고 말해주는 것이다.

나는 당신이 통통하고 귀여워서 좋습니다.
나는 당신이 작고 아담해서 좋습니다.
나는 당신의 지적이고 똑똑한 면에 반했어요.
나는 당신의 순수하고 시원시원한 성격이 좋아요.
나는 당신 볼에 있는 점에 푹 빠졌어요.

당신이 웃을 때, 눈이 안 보일 정도로 활짝 웃는 게 좋아요. 당신의 발이 커서 함께 여기저기 실컷 돌아다닐 수 있을 것 같아 좋아하기 시작했습니다.

그 사람이 가지고 있는 평생의 콤플렉스와 부끄러움이 나로 인해 극복되고, 그 사람이 스스로를 더 사랑할 수 있게 된다면, 우리의 관계도 더 아름답고 건강해지지 않을까?

서른셋

다시 사랑할 수 있을까?

다시,
봄,
다시

그녀와 헤어진 지 한 달이 지났다. 이젠 제법 이별을 겪어봤기에 괜찮을 줄 알았는데 그렇지 않았다. 모든 사랑이 다르게 설레는 것처럼 모든 이별도 다 다르게 아팠다.

이별 이후 나는 아무것도 하지 않았다. 카톡 프로필을 바꾸지 않았고, SNS에 힘들다고 징징대지도 않았다. 휴가를 내지도 않았고, 그냥 어제 같은 오늘을 보내기 위해 노력했다. 불쑥 연락하고 싶었던 적도 있었지만, 참고 또 참았다.

그녀와 이별하고 나니, 사랑하는 동안 지금껏 글을 쓰며 다짐했던 것처럼 충분히 사랑하지 못했다는 후회가 밀려왔다.

사랑하는 사람이 생기면 꼭 해주고 싶었던 것들, 더 많이 노력하고, 더 많이 행복하게 해주겠다는 다짐들을 결국 지키지 못했다. 나는 그것이 참 부끄러웠다.

그간 여러 편의 글을 썼지만, 결국 그것들을 완성하지 못했다. 어떤 글은 헤어지기 전에 썼던 글이기에 헤어지고 난 시점에서는 더 이상 의미가 없었다. 헤어지고 나서 쓴 글은 그냥 엉망이었다. 나의 힘듦을 쏟아내는 글들이 무슨 소용이란 말인가. 그저 침묵만이 내가 할 수 있는 최선이라는 생각이 들었다.

그렇게 시간이 흘렀다.

그녀는 추위를 못 견뎌 했기에 우리는 함께할 봄을 몹시도 기다렸다. 그런데 봄이 오니, 내 곁에는 그녀가 없다. 그것은 내가 기다렸던 그 봄이 아니었다. 시간만 흘렀을 뿐, 봄이 아니었다.

한 달의 시간이 지나고 서로의 삶에 대해 많은 이야기를 나누었던 동료와 밥 한 끼를 먹게 되었다. 따뜻한 밥이 목구멍으로 넘어가니 아무렇지 않으려 노력했던 고집들까지도 함께 내려가는 듯했다.

"저, 여자친구랑 헤어지고 많이 힘들었나 봐요."

그 한마디를 내뱉고, 함께 밥을 먹던 동료의 위로 가득한 눈빛을 보고 나니 비로소 얼었던 마음이 녹고 봄이 오는 것 같았다.

기대하고, 기다렸던 봄은 아니지만.

그래도 어쨌든 시간은 흐르고, 계절은 바뀌고, 겨울은 끝나가고 있었다.

다시, 봄이 오고 있다.

겨울이 영원하지 않다는 사실이, 기어코 봄은 온다는 사실이 얼마나 위로가 되는지 모른다.

다시,

봄이다.

다시 ──

지은 씨, 오랜만이에요.

우리가 헤어지고 마지막으로 연락했던 게 3월 초였으니,

어느새 4개월이 넘는 시간이 흘렀어요. 그동안 잘 지냈나요?

나는 여전히 바쁘고, 여전히 정신없는 생활을 했어요.

회사는 언제나 그렇듯이

한 달이 멀다 하고 계속 뭔가 바뀌고 있어요.

팀의 인원들도 더 많아지고, 역할들도 조금씩 바뀌었어요.

어쩌면 변하지 않은 건 나인지도 모르겠어요.

여전히 대부분의 열정과 시간을 회사 일에 쏟고 있습니다.

지은 씨와 헤어지고 나서 많이 힘들었어요.

우리가 사귀었던 게 그렇게 길지 않은 시간이었는데도 말이죠.

헤어지자고 말할 땐 이렇게 힘들지 몰랐어요.

지은 씨보다 더 오래 사귀었던 연애도 어찌어찌 잘 이겨냈었기에

너무 쉽게 생각한 게 아닌가 싶어요.

지은 씨가 나오는 꿈을 여러 번 꾸었어요.

어려움에 빠진 지은 씨를 외면하지 못하고 도와주는 꿈도 있었고,

다시 우리가 사귀게 되어 함께 놀러 가는 꿈도 꾸었어요.

꿈속이었는데도 지은 씨와 함께하면서 느꼈던 그 감정들이

생생하게 다시 떠올랐어요. 편안하면서도 배려 받는 느낌,

나를 존중해주면서도 전적으로 신뢰하는 눈빛,

지은 씨의 손을 잡았을 때의 감촉과 나긋한 목소리까지….

잠에서 깨고 난 뒤 마음이 아주 많이 아팠답니다.

지은 씨는 어땠나요? 헤어지자는 제 말에 더 많이 아팠겠죠?

하지만 금방 이겨냈나요? 혹시 이미 다른 좋은 인연을 만났나요?

지은 씨처럼 아름다운 사람이라면,

충분히 그럴 수 있을 거라고 생각해요.

그래서 지은 씨의 소식은 되도록 알지 않으려고 노력합니다.

참 바보 같죠? 이럴 거였으면 왜 헤어지자고 했을까요.

지금 후회하고 있냐고 묻는다면,

그렇다고 대답할 수밖에 없을 것 같아요.

7월 16일, 오늘은 제 생일이었어요.

아마 지은 씨도 알고 있을 거예요.

오늘 하루 종일 혹시나 지은 씨에게 연락이 올까

기다리고 있었어요.

어쩌면 기대하고 있었을지도 모르겠어요.

이별을 통보한 입장에서 참 염치없다는 거 잘 알아요.

하지만 언제나 나보다 먼저 다가와 준 당신이었어요.

소개팅을 주선한 친구를 통해 호감을 표현한 것도,

우리가 사귀기로 한 날 내 손을 잡아준 것도,

그리고 지은 씨를 데려다주고 돌아가려는 그 버스 정류장에서

한 발짝 다가와 내 볼에 키스를 해준 것도…

인연을 만들어감에 머뭇거렸던 나보다 현명한 당신이었기에

어쩌면 오늘, 연락이 올지도 모른다고 생각했어요.

그리고 연락이 오면,

만약 당신에게 문자 한 통을 받는다면,

제 마음은 걷잡을 수 없이 무너질 것 같아요.

서른셋, 다시 사랑할 수 있을까?

누군가는 답답해하며 이렇게 얘기할 거예요.

"그렇게 아직 마음이 남아 있다면, 네가 먼저 연락하면 되잖아!"

하지만 그날 당신을 보내며 차갑게 거절했던 그 말들과 표정이

스스로를 무겁게 짓눌러

차마 당신에게 먼저 연락하지 못하겠어요.

나에게는 당신과의 인연을 되돌릴 자격이 없다는 생각이 들어요.

이미 당신이 나를 잊고 그 누군가와 행복하게 잘 지내고 있다면,

스스로 떠나버린 이가 거기 끼어들어서는 안 되는 거잖아요.

밤 열한 시가 넘어가네요.

이제 서른세 번째 생일이 딱 한 시간 남았어요.

아마도 기적은 일어나지 않겠지만, 그것조차도

내가 받아들여야 할 당신의 의사표현이라고 생각합니다.

이제 한 시간이 지나고 나면, 되도록 당신을 잊어보려 노력할게요.

여름을 좋아했던 지은 씨,

언제나 행복하길 기원합니다.

나도 더 행복해지기 위해 노력할게요.

그럼 이만.

건강하세요.

헤어진 다음 날도
우리는 출근을 한다

어느덧 열세 번째 출장길. 이제는 너무 익숙한지라 공항 가는 길도, 비행기도 심드렁한, 나에게는 그런 날이었다. 당연하게도 함께 간 동료들 역시 그럴 거라 생각했다.

출장 둘째 날, 다 같이 만나서 저녁을 먹고 술을 마시는 회식 자리. 우리는 별생각 없이 서로의 안부를 물었다.

요새 누구 만나는 사람 있어?

남자친구랑은 잘 지내고 있지?

예의상 물어보는 이런 질문들 중 하나에, 예상치 못하게 우리 팀 신입사원의 안색이 변하며 선뜻 대답을 하지 못했다.

일순간 모두의 정적, 그리고 그녀의 대답.

저 어제 헤어졌어요.

시차가 있는 장거리 연애를 하고 있던 그녀였기에 공항으로 출발하기 직전 아침 남자친구와 헤어졌다는 것이다. 그제야 나는 왜 그녀가 평소에는 잘 먹던 기내식을 거의 못 먹었는지, 길지 않은 비행 시간이었는데도 승무원이 찾아가 흔들어 깨울 때까지 담요를 덮고 깊이 잠들었던 건지, 대만 개발자들과 회의하면서 평소보다 더 자기 할 말을 잘하지 못했는지, 전날 저녁 맛있는 해산물을 먹으러 가서도 소화가 안 된다고 했는지, 그저 평소보다 컨디션이 안 좋았기 때문이라고 생각했던 이 모든 일들의 원인을 알게 되었다.

"반차를 낼까 했는데, 출장 와서 그럴 수도 없고…."

입사한 지 1년도 안 된 신입사원이기에 헤어진 뒤 출근해야 하는 경험도 처음이었을 것이다. 그것이 얼마나 힘든 일인지, 또 얼마나 슬픈 일인지, 7년 차 직장인인 나에게 있었던 몇 번의 지난 경험들이 떠올랐다.

직장생활을 시작하고 여자친구와 헤어진 것은 총 세 번이었다. 6년 반을 사귀었던 여자친구와 헤어진 다음 날도, 시차가 있어 밤새 다투다가 해가 뜰 무렵에 결국에는 헤어지자고 말했던 날도 모두 출근을 했었다. 그중에서도 올해 삼일절이 최악이었다.

여자친구와 일주일째 다투다가 만나기로 한 날.

가로수길에서 점심을 먹으며 짧은 대화를 나누었음에도 결국 우리는 이별을 선택했다. 그리고 지하철을 타고 돌아오는 길에 함께 일하는 개발자로부터 문자를 받았다. 오늘부터 적용된 기능에 문제가 있는지 데이터가 잘못 나오고 있다고. 그길로 바로 회사로 들어가서 아무도 없는 사무실에 앉아 컴퓨터를 켜고 데이터를 보기 시작했다. 이런저런 방향의 데이터를 뽑아보다가 결국 문제의 원인을 발견하고 개발자에게 수정 요청을 했다.

수정 코드를 배포하고 데이터가 나오기까지는 두세 시간 정도를 기다려야 했다. 집에 가기 애매해서 회사 휴게실 침대에 몸을 뉘었다. 이별의 슬픔도, 엉망이 되어버린 데이터도, 모두 현실로 느껴지지 않았다. 그저 멍했다. 이보다 최악의 날은 있을 수 없다는 생각이 들었다.

수정 코드를 배포해도 계속해서 문제가 고쳐지지 않아, 결국 세 번을 배포하고 나서 밤 열한 시가 넘어서야 데이터가 정상으로 돌아왔음을 확인했다. 자정이 다 되어 집으로 돌아오던 길. 그 무거운 발걸음, 슬픔, 냉랭했던 밤공기가 아직도 또렷하게 기억이 난다.

그래도 다행인 것은, 헤어졌던 그 시기에 함께 일했던 주위 동료들이 모두 좋은 사람들이었던지라 많은 위로를 받았던 것 같다. 실의에 빠진 나를 배려해주던 선배, 동료들의 말과 행동들 역시 내 기억에 잊히지 않고 남아 있다.

헤어진 다음 날도 우리는 출근을 한다. 대학교 때에는 이별을 하고 나면 한 삼 일간 기숙사에 처박혀 수업도 안 가고 원 없이 슬픔에 파묻혀 있었지만, 회사의 돈을 받는 직장인이 되어서는 쉽게 그리할 수가 없다. 나에게는 어제와 완전히 달라져버린 오늘이지만, 회사에 가서는 어제와 똑같은 일상을 살고, 똑같은 이슈를 맞이하고, 똑같은 웃음을 지어야 한다.

이곳의 이별은 이렇듯 —
마음껏 슬퍼할 시간을 갖는 것조차
어려운 법이다.

처음으로 이러한 경험을 한 그녀에게, 헤어진 다음 날도 출근을 해야 하는 우리 모두에게 위로를 전하고 싶다.

그리고 내가 주위 동료들로부터 많은 힘을 얻었듯이 나 역시 그러한 동료가 될 수 있기를 바라본다.

오랜 시간 연애했던 당신과
나누고 싶은 이야기

　　　'오랜 시간'의 기준은 사람마다 다를 수 있기에 정확히 얼마라고 말하기는 어렵다. 또한 연애의 시간은 주관적인지라 '하루를 천년처럼' 사랑한 이들도 분명히 있다. 하지만 나처럼 일상적인 시간과 공간의 경험 안에서 살아가는 평범한 이들에게 오랜 시간이라고 한다면, 적어도 세 번의 계절을 함께 보낸 정도일 듯하다.

　　많은 연애를 한 것은 아니었지만 성인이 되어 했던 연애 중에서 오랜 시간 연애를 한 것은 딱 한 번이었다. 6년하고도 반. 나의 이십 대 후반을 통째로 한 사람과 함께했다. 삼십 대가 되면 자연스럽게 우리가 결혼을 하리라고 생각했다. 그런데 그 반대였다. 서른하나가 되던 봄, 우리는 헤어졌다. 글을 쓰기 시작한 것이 바로 그 연애가 끝난 후였다. '오랜 시간의 연애'는 우리 삶에 참 많은 흔적을 남긴다. 그런 연애를 해본 사람만이 가질 수 있는 특별한 경험들이 있다.

1. 바로 다음 연애는 실패한다

오랜 시간 연애를 했다가 헤어지게 되면, 바로 다음번 연애는 보통 성공하기가 참 어렵다. 물론 이건 사람마다 차이가 있고, 또 어떤 마음으로 헤어졌느냐에 따라 다를 수 있다.

하지만 긴 연애의 흔적은 생각보다 깊고, 오래간다. 새로운 연인과 어디를 가든 이전 사람의 흔적이 곳곳에서 떠오른다. 순간적으로 몸과 마음을 멈칫하게 만드는 그 기억들로 인해 지금 이 사람과의 시간에 집중하기가 어렵다. '이 음식은 그 사람이 좋아했던 건데', '그 사람이랑 같이 들었던 노래인데' 등등, 이전의 기억과 흔적들이 발목을 잡는다. 그리고 묘한 죄책감이 떠오른다. 그(그녀)가 아닌 다른 사람과 지금의 이 시간을 즐기고 있다는 사실. 분명 헤어졌는데도 말이다.

더욱 최악인 것은, 자꾸 이전 사람과 새로운 연인이 비교된다는 것이다. 아무리 잊으려 해도 오랜 시간을 함께하며 서로에게 맞추었던 그 관계의 깊이가 있기에 비교를 할 수밖에 없다. 현재의 연인과 잘 안 맞는 부분이 생기면 이전 연인의 친절했던 말과 행동이 떠오른다. 혹은 현재 연인에게서 이전 연인과 비슷한 모습을 발견해도 소름이 돋고 마음이 불편해진다. 비슷해도, 달라도, 어떤 경우든 그 사람을 떠올릴 수밖에 없다. 이미 내 몸과 마음에는 그 사람의 흔적이 깊이 새겨져 있기 때문이다.

그래서 긴 시간을 연애하고 헤어졌을 경우, 전 연인을 잊고 이별의 상처를 치유할 수 있는 충분한 시간을 갖는 것이 꼭 필요하다. 하지만 스스로 보기에 충분한 시간의 공백을 가졌다고 해도, 바로 다음 연애에서는 이전 사람이 떠오르는 걸 막기 어려운 듯하다. 그래서 바로 다음 연애는 실패하기가 쉽다.

2. 다른 사람과 헤어졌을 때에도 그녀가 생각난다

다른 사람과 사귀는 동안에만 그 사람이 떠오르는 것은 아니다. 참 이상하게도 그녀가 가장 많이 떠올랐을 때는 바로 다른 사람과 연애하다 헤어졌을 때이다. 반복되는 이별의 이유가 서글퍼서일 수도 있다.

하지만 그보다 심각한 것은 '그것 봐. 난 그녀가 아닌 다른 사람과는 안 되잖아.'라는 생각이었다. 그래서 바로 이때, 가장 그녀에게 연락하고 싶었던 것 같다. 너 아니면 안 된다고, 다른 사람하고 사귀어봤는데 너랑 함께했던 것만큼 행복하지 않더라고, 역시 내 삶의 반쪽은 너인 것 같다고. 한동안의 이별에는, 막 헤어진 사람보다도 오히려 긴 시간 연애했던 그전 연인이 많이 떠올라 괴로웠다. 바로 이때가, 흔히 말하는 술 마시고 새벽녘에 '자니?'라는 문자를 가장 많이 보내는 시기가 아닐까?

3. 절대 잊히지 않는 한 가지가 있다

'망각은 인간에게 주어진 선물'이라는 말처럼, 시간이 지나면 그때의 기억이나 감정 모두 희미해져 간다. 하지만 오랜 시간 연애하며 많은 시간과 공간을 나눈 사람과의 추억에는 절대 잊히지 않는 것이 한두 가지 정도 존재하기 마련이다. 조금 웃기지만, 나에게는 그것이 '매운 쫄면'이다.

그녀는 매운 쫄면을 참 좋아했다. 평소에 매운 것을 잘 먹는 편도 아니었는데 분식집에서 파는 매운 쫄면만은 그렇게 좋아했다. 힘들고 지친 날, 심기일전하여 다시 힘을 내야 하는 순간 그녀는 항상 매운 쫄면을 찾았다. 대단히 비싼 음식은 아니었기에 남자친구인 나로서는 그녀의 힐링 푸드가 매

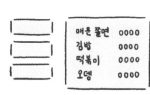

매운 쫄면 0000
김밥 0000
떡볶이 0000
오뎅 0000

운 쫄면이라 참 다행이기도 했다.

　나는 아직도 분식집에서 쫄면 메뉴를 볼 때면 그녀가 떠오른다. 나도 모르게 '아, ○○가 참 좋아할 텐데.'라는 생각을 하다 퍼뜩 정신을 차리곤 한다. 아마도 쫄면은 나에게 언제든 그녀를 떠올리게 하는 음식이 될 듯하다.

4. 가끔 꿈을 꾼다

　나는 꿈을 잘 꾸지 않는 편이다. 꿈을 꾸더라도 꿈을 꾸었다는 느낌만 있을 뿐 무슨 내용인지 좀처럼 기억이 나지 않는다. 그녀와 사귀는 동안에는 이상하게도 그녀가 나오는 꿈을 한 번도 꾼 적이 없다. 아마도 그녀가 나를 참 편하게 해주었기 때문일지도 모른다. 반면 그녀는 내가 나오는 꿈을 자주 꾼다고 했다. 아마 내가 그녀를 많이 불안하게 했기 때문인 것 같다.

　그랬던 나인데, 그녀와 헤어지고 나서는 종종 그녀가 나오는 꿈을 꾼다. 그리고 꿈의 내용도 비교적 생생하게 떠오른다. 꿈의 내용은 다양했다. 헤어진 상태에서 우연히 만나는 꿈, 우리가 다시 사귀는 꿈, 그녀의 가족들과 함께 만나는 꿈, 그녀를 위해서 내가 대신 싸우기도 하고, 무언가 도와주기 위해서 애쓰는 꿈. 긴 시간 무의식 속에 차곡차곡 쌓인 그녀에 관한 기억들이 그녀의 부재를 틈타 꿈으로 나타나는 것 같았다.

그리고 그런 꿈을 꾸고 나면 문득 이런 생각이 들었다.

지금 눈을 뜨면 내 곁에 그녀가 누워 있지 않을까? 이별의 순간들이 오히려 꿈이 아니었을까? 그녀에게 나, 이런 악몽을 꾸었다고 얘기하고 위로받을 수 있지 않을까? 악몽 따위는 훌훌 털어버리고, 다시 우리가 일상을 마주하고 있을 것만 같은 느낌 말이다.

5. '다시 그렇게 사랑할 수 있을까?' 하는 회의감이 든다

가장 큰 문제는 이것이다. 그렇게 오랜 시간 나의 모든 것을 쏟고, 너의 모든 것을 받았던 연애가 끝나고 나면, 과연 내가 다시 다른 누군가와 그런 연애를 할 수 있을까 하는 회의감이 든다. 이런 회의감 때문에 새로운 사람을 만나는 것이 두려워지고, 누군가를 만나면서도 불안해진다. 모든 것을 쏟았을 때 내게 돌아올 상처의 깊이를 알기에 관계에 대해 소극적으로 변해간다. 그리고 이 일이 반복될수록 다시 누군가와 오래 사귈 수 있을까 하는 회의감은 더욱 깊어진다.

악순환의 반복. 긴 연애를 끝낸 이가 감당해야 할 가장 무거운 짐이다.

위에 말한 이야기들 중 어떤 부분은 당신이 공감할 수도, 또 어떤 부분은 공감하지 못할 수도 있다. 어쨌든 긴 연애를 끝내는 것은 분명 어려운 일이고, 각자가 경험해야 할 후유증도 아주 크다.

그래서 나는 지금 당신에게 이 말을 해주고 싶다.

만약 당신이 긴 연애를 하고 있다면,
되도록이면 헤어지지 마시라. 힘들다. 진짜 진짜.

만약 당신이 긴 연애를 해본 적 없다면,
그래도 한 번쯤은 이런 길고도 지루한 연애를 꼭 해보시라.
사랑에 대해 이보다 깊은 배움의 경험은 없다.

그리고 만약 당신이 긴 연애를 끝내고
다시 혼자가 되었다면…

괜찮다.
우리는
다시 사랑할 수 있다.

서른의 연애

그 이후의 이야기

인스타그램의 두 번째 탭, 제일 위에 있는 검색 버튼을 누르면 내가 자주 찾아보는 사람과 해시태그의 리스트를 볼 수 있다. 두말할 것도 없이 그 리스트에는 그녀의 계정이 항상 한 자리를 차지하고 있었다.

6년 반, 길고 길었던 연애를 정리하면서 우리의 SNS 관계도 모두 끊었지만 그녀도, 나도, 굳이 서로를 차단하거나, 심지어 계정을 비공개로 설정하지도 않았다. 내 피드에서 업데이트된 그녀의 소식을 바로바로 확인할 수는 없었지만, 문득문득 그 검색 버튼을 눌러 그녀의 안부를 확인하곤 했다.

미련이 남은 것은 아니었다. 스토킹이나 변태적인 훔쳐보기도 아니었다. 그것은 어쩌면 그냥 '버릇'이었다. 이십 대의 절반을 함께하며 매일같이 서로의 안부를 묻고 서로의 일상을 맞대던 그날들의 흔적이었다.

헤어진 직후에는 비교적 자주 그녀의 인스타를 확인하였다. 하지만 결국 그 버릇도, 흔적도, 감정도 희미해지기 마련이다. 항상 검색 리스트의 가장 처음에 있던 그녀의 이름이 하나둘 밀려 누군가의 이름 아래에 놓이게 되었다.

그렇게 3년이라는 시간이 흘렀다. 그동안 나는 짧게 몇 번의 연애를 했다. 하지만 굳이 SNS에 티를 내지는 않았다. 그녀를 의식해서 그런 것은 아니었다. 전적으로 내가 그 친구들과 더 깊은 관계로 나아가지 못했기 때문이다. 그녀도 마찬가지였다. 소소하게 올라오는 일상의 사진들에서 연애의 흔적은 발견할 수 없었다.

그러던 어느 날.

4월의 벚꽃이 흐드러지던 날, 무심코 검색 버튼을 눌러 오랜만에 그녀의 인스타를 확인한 날이었다. 처음 보는 낯선 사람과 다정하게 서 있는 그녀의 사진이 눈에 들어왔다. 마음이 쿵 하고 바닥으로 떨어졌다. 단순한 시기와 질투가 아니었다. 그것은 말로 표현할 수 없는 어떤 먹먹함이었다. 충

분한 시간을 감내해온 그녀가 마땅히 누려야 할 행복이라는
걸 잘 알면서도, 끝내 쿨하지 못한 서러움이었다.

　그녀와 내가 연애를 시작했던 것도 4월이었고,
　연애를 끝낸 것도 4월이었다.
　그땐 싸이월드, 지금은 인스타그램.
　4월, 우리의 사진첩은 그렇게 찬란하고, 행복하고,
　슬프고, 아팠다. 이제는 정말로 검색 리스트에서
　그녀의 이름을 지울 때가 된 것 같다.
　굳이 내가 빌어주지 않아도
　그녀는 행복하게 잘 살 것이다.

　궁상은 됐다.
　　　　나는
　　　　　내 앞가림이나 살펴야지.

행복하자, 더 많이.

찌질도
병인 양하여

잠깐 티타임, 괜찮아요?

온몸이 나른해지던 어느 봄날. 샛노란 카디건을 입고 온 그녀를 보니 출근길 트럭에서 팔던 프리지아 한 다발이 생각 났다. 갑자기 꽃을 주는 건 이상할 것 같아서 같이 나가자고 말했다.

격 없이 친했던 사이라 그녀도 별생각 없이 따라 나왔다. 평소 커피 마시러 가던 곳과 반대편 출입구로 나와 조금 걷 다가, 꽃을 파는 트럭 앞에 멈춰 섰다.

사무실 분위기도 우중충한데,
꽃이나 좀 사서 꽂아 놓을까요?

회사 분위기 따위야 어찌되었든 내 알 바 아니었지만, 으레 봄에는 꽃을 즐겨 사는 사람처럼 말해 보았다. 좋은 생각이라며 무슨 꽃을 고를지 고민하는 그녀에게, "봄엔 역시 프리지아죠!"라며 이제 막 피기 시작한 프리지아 한 다발을 가리켰다.

아, 저도 프리지아 정말 좋아해요.
마침 오늘 옷 색깔도 프리지아!

그게 '마침'일 리 없잖아요.
내 생각을 아는지 모르는지 마냥 함박웃음을 짓는 그녀에게 꽃을 들어보라 하고 사진 몇 장을 찍었다.

웬 꽃이야?

꽃병에 꽃을 꽂아 파티션 옆 선반에 올려두는 그녀에게 묻는 이들이 있었지만, 그녀는 대답 대신 방긋 꽃 같은 웃음을 지어 보였다.

그날은 모든 것이 완벽한 날이었다. 나는 조만간 이 꽃을 주었던 마음을 말로 표현하리라 생각하였다.

그녀에게 한 달 전쯤 새 남자 친구가 생겼다는 소식을 들었던 것은, 그 프리지아를 말리겠다고 사무실 구석에 거꾸로 붙여놓은 지 며칠이 지난 어느 금요일 저녁이었다. 전혀 알아채지 못했는데, 프리지아 한 다발을 선물했던 날 그녀에게는 이미 다른 사랑하는 사람이 있었던 것이다. 꽃을 주었던 나의 마음이 부끄러워 미칠 것만 같았다.

금요일 밤새 한숨도 못 자고 토요일 해가 뜨기도 전에 회사로 향했다. 그리고 거꾸로 말라가고 있던 프리지아를 뜯어 바스락바스락 뭉개버렸다. 프리지아는 생각보다 너무 잘 바스러져서 사무실 바닥에 풀풀 흩날리고 말았다.

아, 젠장….

탕비실에서 빗자루를 가지고 와 바닥을 쓸고 있으려니 스스로가 한없이 초라해졌다. 그러면서도 한편으로는 이 프리지아가 사라진 걸 그녀는 알까, 그것이 가장 신경 쓰였다.

그건 복수도 뭣도 아닌 사상 최악의 찌질함이었다. 서른넷에도 내가 이렇게 찌질한 짓을 하고 있을 줄은 상상도 하지 못했다.

찌질도 병인 양하여, (아직도 그때를 생각하면 이불킥을 하며) 잠 못 들어 한다.

오, 주여.

1년 만의
소개팅

소개팅이 들어와도 "좋아하는 사람 있어요."라면서 열심히 피해 다녔는데, 더 이상 평계를 델 거리가 없어서 1년 만에 소개팅에 나갔다.

부모님을 통해서 만나게 된 것이니 '선'이라는 표현이 더 맞을 수도 있겠다. 어른들을 통해 성사된 만남이니 미리 나의 '조건'들이 공유되었을 것이다.

집은 있는지,

차는 있는지,

괜찮은 직장에 다니는지 등등.

하지만 정말 내가 하고 싶었던 이야기는…

그 집에서 어떤 일상을 살고 싶은지,
그 차를 타고 어디로 여행을 가고 싶은지,
그 직장을 다니면서 이루고 싶은 꿈은 무엇인지
하는 것들인데….

짧은 만남에서 그걸 전달하는 건 정말 어려운 일인 것
같다.

그때나
지금이나
소개팅은 참 어렵다.

안녕,
　　　기념일

오빠, 오늘이 무슨 날인지 알아?

　　눈빛이 흔들리고 등골이 서늘해졌다. "오늘 나 뭐 변한 거
없어?"와 더불어 남자들을 괴롭히는 2대 난제.
　　그녀에게는 유독 많은 기념일이 있었다. 오히려 100일,
200일과 같은 단순한 숫자에 대한 기념일에는 무관심했다.
우리가 처음으로 손을 잡았던 '스킨십 데이', 처음으로 내 방
에 와서 함께 요리를 만들어 먹었던 "라면 먹고 갈래?" 기념
일, 친구들이 모인 자리에서 나를 소개했던 '1등 남친 코스프
레의 날' 등등, 그녀는 소소한 우리의 일상과 기억들을 기념

일로 만들어 추억했다.

처음엔 왜 꼭 저렇게까지 해야 하나 이해하지 못했다. 하지만 시간이 지날수록 알게 되었다. 그것이 우리가 함께한 시간을 더욱 아름답고 가치 있게 만들어가는 그녀만의 방법이라는 것을. 오랜 시간이 흐르며 자칫 무료하고 지루해질 수 있는 연애였는데, 그러한 기념일들을 통해 우리는 다시금 그때의 설렘과 서로의 의미를 되새겼다.

6월 23일 역시 우리에게는 꽤 중요한 기념일이었다. 그날은 '쫄면 데이'였다. 매운 것을 아예 못 먹는 내가, 그녀가 가장 좋아하는 음식인 매운 쫄면을 함께 먹은 날.

난 계속 매운 음식을 잘 못 먹었지만, 그래도 쫄면 데이에는 그녀와 함께 분식집에 가서 쫄면 몇 젓가락을 함께 먹었다. 그녀는 자신을 위해 노력하는 내 모습이 그렇게도 좋았나 보다. 한 달 전부터 '쫄면, 쫄면' 노래를 부르면서 이날을 기다렸던 모습이 눈에 선했다.

이미 우리가 헤어진 지 3년이 지났지만, 아직도 나는 6월 23일이 다가오면 쫄면의 그 알싸한 매운맛이 떠오른다. 너에게도 그날은 아마 한동안 그랬을 것이다.

하지만 올해부터는 정말 우리의 쫄면 데이를 잊어야 할 것 같다. 그녀에게 이날은 앞으로 결혼기념일이 될 테니까.

친구에게 전해 들은 소식에, 혓바닥에 전해지던 쫄면의 매운맛 같은 통증이 가슴 한 켠을 꿰뚫고 지나갔다.

우리의 쫄면 데이는 이제 안녕히.

결혼 진심으로 축하한다.

진심으로, 행복하길.

한 사람의
이상형

짝사랑으로 점철된 나의 연애사. 덕분에 나는 그녀들의 이상형이 되기 위해서 무던히도 많은 노력을 기울여왔다.

서른네 해 동안 나를 키운 건 팔 할이 그녀들의 이상형이었다.

매일매일 요가원에 다니는 그녀는 함께 요가를 할 수 있는 남자가 이상형이라고 말했고, 나는 그날 바로 조용히 회사

근처 요가원에 등록했다. 결국 그녀와 잘되지 않았지만, 나는 지금 2년째 요가원에 다니며 몸과 마음을 충전하곤 한다.

여기저기 여행 다니기를 좋아해 운전을 잘하는 남자가 이상형이라는 그녀를 위해, 회사에서 걸어서 10분 거리에 사는 내가 차를 샀다. 결국 그녀는 다른 남자친구가 생겼지만, 그 차 덕분에 나 역시 좋은 사람들과 많은 추억을 쌓을 수 있었다.

가장 어려웠던 이상형은 대학교 새내기 시절에 짝사랑했던 친구의 것이었다. 그녀는 페미니스트였다. 그녀의 이상형에 가까워지기는커녕 대화라도 제대로 해보기 위해서 페미니즘에 관심을 갖기 시작했다. 열심히 공부도 하고 나름대로 활동에 참여하면서 페미니즘을 이해하고 그녀와의 접점을 찾기 위해 노력했다. 결국 그녀는 과에서 가장 키 크고 잘생긴 동기와 연애를 하였지만, 그때의 배움 덕분에 적어도 나 자신이 가부장적인 남성이라는 사실을, 그리고 이 사회가 여성에게 억압적이라는 사실을 인지할 수 있게 되었다.

유명한 사람들이 TV나 강연에 나와서 말한다. '너 자신이 좋아하는 일을 찾아서 하라'고. 하지만 세상에는 나처럼 딱히 무엇을 하고 싶은지 잘 모르는 사람도 많다. 그런 나에게 누군가의 이상형이 되고자 하는 열정은 그 무엇보다도 강한 동기부여가 되곤 했다.

어느 날 그녀가 말했다.

저는

말과 글이 예쁜 사람이

이상형이에요 ───── .

그 말, 한마디 덕분에 나는 내 삶을 글로 남기기 시작했다. 브런치에 수십 개의 글을 쓰고, 한 권의 책을 내고, 〈컨셉진〉에 기고를 하게 되었다.

비록 그 모든 짝사랑은 실패했지만, 그녀들의 이상형이 되기 위해 애썼던 나의 마음까지 실패한 것은 결코 아니었다. 그것들은 또렷이 내 안에 남아 지금의 내가 되었다.

그리고 그것들 덕분에 나의 다음 사랑은 분명 더 행복하고 풍요로울 것이다.

이별의
뒷모습

이별은 합의한 것이었다. 6년 반이라는 시간이 눌러앉은 연애는 한쪽의 일방적인 통보로 끝내기엔 너무 무거운 것이었다.

합의했음에도 이별 후 우리는 각자 한 번씩 서로를 붙잡았다. 내가 먼저 헤어지지 말자고 이야기했고, 그녀가 거절했다. 그리고 얼마 있다가 그녀가 다시 만나자고 이야기했고, 내가 거절했다. 한바탕 그렇게 각자의 미련과 거절을 주고받고 나서야 우리는 정말로 헤어질 수 있었다.

그녀가 나에게 와서 헤어지지 말자고 이야기한 날. 가라앉은 눈빛과 차분한 말투로 대화를 나눌 수 있었으면 좋으련

만, 결국 그러지 못했다. 그녀는 내 손을 잡고 눈물을 뚝뚝 흘리며 애원했다.

"오빠, 나 ○○야. 이렇게 손을 잡고 있잖아. 이제 나 안 좋아? 나 다시 오빠가 없었던 그 시간으로 돌아가기 싫어."

절절한 그녀의 호소에도 불구하고 나는 끝끝내 힘주어 그녀의 손을 잡지 않았고, 낮은 목소리로 우리가 헤어졌음을 말했다.

그렇게 돌아서던 그녀의 뒷모습.
흐느끼던 어깨, 푹 숙인 고개,
가늘게 떨리던 팔과 힘없이 걷던 다리….
지금껏 내가 봐온 그 어떤 것보다도 슬픈 장면으로
아직도 내 머릿속에 남아 있다.

누구나 생각만 해도 눈시울이 뜨거워지는 인생의 슬픈 장면들이 있다. 나에게는 반려견 사랑이를 하늘나라로 떠나보내던 순간과 이별의 순간 슬픔 가득했던 그녀의 마지막 뒷모습이 그렇다.

진정으로 깊었기에

그만큼

아플 수 있었다.

또다시 우리의 삶엔 그처럼 슬픈 순간이 찾아오겠지만,
부디 그것이 사랑했던 연인의 뒷모습은 아니기를 간절히 바
라본다.

존댓말
　　　연인

　　　　　　존댓말의 개념이 없는 외국 영화의 자막조차도, 부부나 연인 사이의 대화를 보면 여성은 남성에게 말을 높이고 남성은 여성에게 존대하지 않는다. 그것을 너무나 자연스럽게 받아들이고 살던 어느 날, TV에서 서로에게 존댓말을 쓰는 중년 부부의 모습을 보고 신선한 충격을 받았다. 그게 꽤나 멋져 보였다. 나도 연인이 생기면 꼭 존댓말을 써봐야겠다고 생각했다.

　그 뒤에 만난 두 살 연하의 여자 친구. 소개팅에서 처음 만났기에 당연히 처음엔 존댓말을 했고, 이전 같았으면 자연스럽게 말을 놓았을 텐데 계속해서 그녀에게 존댓말을 사용했다. 그녀도 나도 연인 사이의 그런 대화 방식이 어색했다. 주위에서는 "둘이 사귀는 사이 맞지?"라고 물을 정도였다.

하지만 그런 낯섦을 통해 배우는 것도 많았다. 연인 사이에도 말을 더욱 가려서 하는 법, 둘이 있을 때뿐만 아니라 남들 앞에서도 그녀를 더욱 존중하는 법, 존칭처럼 서로의 관계도 더욱 평등하게 유지하기 위해 노력하는 법. 처음 경험해보는 관계의 방식에 우리는 실수도 하고, 더 성장도 했다.

결국 그녀와는 1년이 못 되어서 헤어졌다. 끝끝내 그녀와 나 사이에는 어떤 거리감이 있었다. 그것이 소개팅으로 시작한 인연이기 때문인지, 글을 쓰는 이와 곡을 연주하는 이의 차이 때문인지, 아니면 우리의 존댓말 때문인지는 알 수가 없다.

그럼에도 불구하고 잠깐이지만 그녀와 결혼이란 것을 생각했던 순간에, 나는 평생 그녀에게 말을 높이며 살고 싶다고 생각했었다.

오래 함께할 거라는 생각을 한 순간,
오히려 서로에게 필요한 것은
존중과 존경이라고 생각했기 때문이다.

이다음 연애를 하게 된다면 그녀에게 어떤 말을 사용하게 될지는 나도 잘 모르겠다. 호칭은 혼자서 하는 것이 아니고 서로가 합의하여 맞춰가는 것이기 때문이다. 그렇지만 꼭 내가 사랑하는 사람에게 종종 존댓말을 섞어서 말을 해주고 싶다.

그런 모습을 내 아이에게도 보여주는 것이 나의 머나먼 꿈 중 하나이다. 그리하여 사랑하는 사람을 마음 깊이 존중하며 사는 모습을 보고 배울 수 있도록 말이다.

연인의
꿈

그녀와 만났던 그 긴 시간 동안, 놀랍게도 그녀가 나온 꿈을 꾼 적이 한 번도 없었다. 원래도 꿈을 잘 꾸는 편은 아니긴 하다. 어쩌면 꿈을 꾸는데 금방 잊어버리는 것인지도 모른다. 어쨌든 6년 반이라는 연애 기간 동안 내가 기억하는 꿈에서는 그녀가 한 번도 등장하지 않았다.

반면, 그녀의 꿈에는 내가 자주 나왔다고 한다. 좋은 꿈이었으면 좋으련만, 주로 그녀를 힘들게 하는 꿈속의 나였다. 어느 날 새벽엔 펑펑 울면서 그녀가 나를 깨웠다. 그녀의 꿈속에서 내가 이별을 고하고 떠나버렸다고. 너무 무섭고 두려워서 펑펑 울었다고. 비몽사몽 상태에서 그녀를 안으며 위로

해주었지만, 왜 그녀의 꿈속에 나타난 나의 행동에 대해 사과를 해야 하는지 억울한 마음이 들었다.

하지만 지금 생각해보니 현실의 내가 꿈속의 나의 행동에 대해 미안한 마음을 갖는 것이 맞았다. 내가 그녀를 그토록 불안하게 했고, 가슴 졸이게 했기에, 그녀 꿈속에서의 나는 항상 그렇게 그녀에게 잔인했던 것이리라. 연인 관계에서 '갑'이었던 나는 그녀가 나오는 꿈을 꾸지 않아도 되었지만, '을'이었던 그녀는 꿈에서조차 괴로움을 겪어야 했던 것이다.

내 꿈속에 그녀가 나타난 것은 그녀와 헤어지고도 한참이 지난 후였다. 연달아 두 번의 꿈을 꾸었고, 두 번 다 그녀가 등장했다.

첫 번째는 어려움에 처한 그녀를 도와주는 꿈이었다.

두 번째 꿈에선 내가 그녀에게 돌아가 우리가 다시 사귀고, 그녀의 가족들을 만나는 꿈이었다.

잠에서 깼을 때, 꿈에서 겪은 구체적인 일들은 조금씩 희미해져 갔지만, 꿈에서 느꼈던 감정들은 생생하게 온몸을 휘감고 있었다. 그것은 반가움, 낯익음, 편안함 그리고 안도감이었다.

안도감.

　　결국 현실에서는 그러한 일이 벌어지지 않을 것이고, 나는 영원히 꿈에서 느꼈던 그 감정, 너에게로 돌아가는 안도감을 느끼지 못할 것이다.

　　하지만 괜찮다. 꿈에라도, 네가 나에게 그런 의미라는 것을 느낄 수 있어 감사했다. 그리고 헤어지고 나서야 비로소 평등하게 꿈을 꿀 수 있다는 사실에 미안했다. 그녀도 나도, 다음번 연애는 평등하게 꿈을 꾸는 그런 연인을 만날 수 있기를.

마지막일지도 모르잖아,
　　　　혼자 있는 이 시간도

Scene #1

옆 팀 H 팀장님. 어느 날 점심으로 김치찌개를 먹으며 이런저런 수다를 떨게 되었다. 스타워즈 열성 팬이신 팀장님이 집에서 상영회를 한 번 하겠다고 이야기하다가, 문득 이런 말씀을 하셨다.

좋은비 님은 세상에서 언제가 제일 행복했어요?
수능 끝난 날? 대학 합격한 날? 군대에서 제대한 날?

글쎄요… 뭐, 그런 날들이 다 기뻤던 것 같은데요?

저는요, 예전에 와이프가 애들을 데리고 여행을 가서
집에 혼자 있게 된 날이 있었거든요.
그날 정말, 그 모든 행복했던 날들의
정확히 세 배 행복했어요.

ㅋㅋㅋㅋㅋ 아, 뭔가 웃프다!
지금은 제대로 공감하기 힘들지만,
어렴풋이 알 것도 같네요.

Scene #2
크리스마스 때 뭐 할 거야?

크리스마스가 다가오면 으레 던지는 질문인데, 이 나이쯤
되니까 질문을 받는 이들의 표정이 그리 밝지만은 않다. 대
부분 주위에는 오래된 커플이나 결혼한 친구들인데, 그들에
게는 크리스마스가 반갑지만은 않은 모양이다.
　그래도 크리스마스인지라 뭔가 하긴 해야겠는데, 딱히 새
로운 건 없고, 어딜 가나 사람은 많고, 예약은 어렵고, 비싸
고. 결혼한 친구들은 그냥 집에서 보낸다 하고, 커플인 친구

들은 오히려 크리스마스를 피해서 연인과 시간을 보낸다는 이들도 있었다.

오히려 솔로인 친구들의 대답이 더 화려(?)했다. 친한 지인들과 파티를 기획해서 밤새워 논다는 친구도 있고, 강원도로 가서 2박 3일간 보드를 탄다는 친구도 있었다. 짧게 일본에 다녀온다는 이도 있었고, 그냥 혼자 쇼핑이나 하러 다닐 거라는 녀석도 있었다. 다들 직장인이고 하니 돈도 있겠다, 무엇을 해야 한다는 부담감 없이, 무엇이든 할 수 있는 자유를 만끽하는 친구들이 많았다.

너는 뭐 할 건데?

나? 글쎄, 아직 아무 계획이 없네.

하아~ 아무 계획이 없어도 된다는 게 참 부럽다.
뭐랄까… 이 바쁜 연말에,
그런 게으름이야말로 솔로 된 자의 특권이랄까?

어쨌든 나는 누군가를 만나서 깊이 사랑을 하고, 결혼하고, 가정을 이루고픈 사람이다. 그런데 그러한 선택을 하는 순간, 커다란 권리 하나를 잃어버리게 된다는 사실을 더 깊이 깨닫게 되는 요즘이다. 그것은 바로 '혼자' 무엇인가를 할 수 있는 자유.

내가 원하는 것을 먹고, 원하는 곳에 가는 것.
내 의지대로 무언가를 사고, 팔고, 빌리고, 버리는 것.
일하고 싶을 때 일하고, 놀고 싶을 때 노는 것.
혼자 있고 싶을 때 혼자 있고,
부모님이 보고 싶을 때 고향에 가는 것.

이 모든 당연한 것들이, 연애하고 결혼을 하게 되면 점차 내 뜻대로만 할 수 없는 것이 되어간다는 사실. 나보다 앞서 이 과정을 경험한 이들 덕분에, 사랑하는 이와 함께하며 얻는 것들의 이면에 놓아야 하는 것들이 꽤 생생하게 보인다.

이래서 결혼은 멋모를 때 하는 것이라고, 알면 알수록 더 하기 힘든 것이라고 얘기하는지도 모른다. 틀린 말은 아니다. 극단적인 선택을 하지 않는 한, 놓아버린 그 특권은 영영 돌아오지 않는 것이니 말이다.

하지만 반대로 생각하면 내가 무엇을 놓아야 할지 이미 알고 있기에, 그런데도 그 선택을 했기에, 실제로 그러한 일상이 펼쳐졌을 때 더욱 현명하게 대처하고 감수할 수 있는 것이 아닐는지.

막상 그렇게 생각하니 갑자기 솔로로서 보내는 연말연시가 각별해진다. 어쩌면 이 외로움의 시간도, 다시 돌아오지 않을지 모르니 말이다. 언젠가 나에게 '혼자 됨'을 선택할 권리가 없어질지도 모르니 말이다. 그때가 되면, 이 '홀가분함'이 그리워질지도 모르니 말이다.

솔로인 내가 의미 없이 흘려보낸 오늘이,

결혼한 유부남들이

—— 그토록 살고 싶었던

자 유 로 운 내 일 이 다.

Scene #3

좋은비 님은 크리스마스 때 뭐 하세요?

글쎄요,

이번 주부터 새로 시작한 프로젝트가 너무 바빠서

아마 하루이틀은 출근해야 할 것 같은데요?

에궁, 진짜요? 슬프다.

그래도 다행이지 뭐예요.
이럴 때 여자 친구가 있었으면,
크리스마스 때 제대로 같이 놀지도 못한다고
구박받고 눈치 보였을 거 아녜요.
맘 편히 일할 수 있으니
차라리 솔로인 게 다행이네요.

에이, 아니죠~ 그걸 이해해줄 수 있는
맘씨 착한 여자 친구를 만나셔야죠.

와… 그렇네요.
그런 여자 친구… 만나야겠어요.

맞아요. 내년엔 말이죠.
꼭, 만나야겠어요.

연애는 밥,
　　영화,
여행

　　　　　　　삼십 대 중반에 아직 솔로인지라, 으레 연말연시 모임이나 술자리에 앉으면 나의 연애사에 대해 자의(10%) 혹은 타의(90%)로 이런저런 이야기를 하게 된다. 가장 많이 받는 질문은 "어떤 스타일을 좋아하세요?", "이상형이 어떤 사람인데?"이다. 소개해줄 것도 아니면서 왜 그게 그리도 궁금한 것인지.

　어차피 지나가는 주제이기에, 가벼운 자리에서는 그냥 "예쁘고 귀엽고 맘이 착한, 세상에는 없는 사람이요."라고 말한다. 근데 얼마 전, 꽤나 깊은 이야기를 나누었던 자리에서는 마냥 실없는 소리를 할 수가 없어 곰곰이 생각해보게 되었다. 나는 어떤 사람을 원하는 걸까?

각자가 생각하는 연인, 이상형에 대해 이런저런 이야기를 나누다 내린 결론은 이랬다.

연애는 결국 세 가지다.

밥,

영화

그리고 이별.

누군가와 관계를 맺고 싶을 때, 우리가 가장 먼저 하는 것은 식사 약속을 잡는 것이다. 평일 점심, 평일 저녁, 주말 점심, 주말 저녁으로 갈수록 기대하는 관계의 깊이가 깊어진다. "이번 주말에 뭐 해요? 시간 있으면 저녁 같이 먹을래요?"라는 말보다 확실한 의사 표현은 없다고 봐야 한다. 소개팅은 가장 직접적으로 연애를 지향하는 만남이기에, 관계의 모든 과정을 생략하고 바로 식사로 넘어간다.

하지만 밥을 건너뛸 수는 없다. 그만큼 함께 앉아 맛있는 음식을 먹는다는 것은 모든 관계, 특히 연애에서는 중요한 일인 것이다.

관계가 깊어지면 현대인들은 영화를 본다. 영화는 오늘

을 살아가는 우리가 즐길 수 있는 가장 효율적인 오락이다. 손쉽게 접근할 수 있고, 가격 대비 얻는 만족도도 매우 크다. 그리고 대중문화답게 취향과 선호의 카테고리가 한정적이라서, 상대방의 반응을 예상하기가 쉽고, 그만큼 선택의 실패 확률도 낮다. 이렇게 복잡하게 원인을 따져보지 않더라도, 그냥 보통의 연애를 하는 우리가 데이트에서 가장 많이 하는 것이 영화 보는 것이다.

그리고, 정말 이 사람을 사랑한다는 생각이 들면, 우리는 함께 여행을 떠난다. 결국 행복한 연애를 위해서는 이 세 가지가 잘 맞아야 한다.

연애는 밥, 영화, 여행.

함께 떠나
맛있는 것을 먹고, 종일 걷다가,
숙소로 돌아와 사랑을 나누며 잠들고,
이른 아침 낯선 공간에서 소중한 이와 함께 눈을 뜨는 것.

현실은 비록 맛없는 음식에 바가지를 쓸 때도 있고,
낯선 타국의 시내 광장에서 소매치기를 당하거나,

지하철에 가방을 두고 내려

패닉에 빠지는 일이 생기겠지만…

그래도

　　멀리서 보면

　　　　인생은 희극이고,

　　　　　　연애는 낭만이니까.

상담의
　　　끝

　　　　　　　　우리는 직장 동료이자 가까운 친구였다. 그녀보다 나이도 경력도 많았던 나는 그녀의 멘토 비슷한 것이었다. 회사 생활에서 힘든 점들, 고민들, 시시콜콜한 이야기들을 곧잘 나누는 그런 사이였다. 그러다가 운 좋게도 같은 프로젝트에 참여하게 되어서 회사에 있는 거의 모든 시간을 붙어 있게 되었다. 친한 사이였다가도 같은 일을 맡게 되면 서로 안 좋은 점도 보게 되고, 의견의 충돌이나 마음의 상처도 생길 만한데, 그녀와 나는 더더욱 가까워졌던 것 같다. 그만큼 우리는 참 잘 맞는 동료였다.

　　하루 8시간 넘는 시간을 함께 보내면서, 단지 회사 생활을 넘어 서로의 삶을 더 깊이 나눌 기회들이 찾아왔다. 그녀가 오랜 시간 사귀었던 남자친구와 헤어졌을 때, 회사의 누구보다도 나에게 먼저 이야기를 해주었다. 진심으로 그녀에게 힘이 되고 싶었다. 그래도 사랑과 연애에 대해 책을 한 권 낸 작가라고, 이런저런 어쭙잖은 위로를 건넸던 것 같다.

정신없는 하루의 많은 부분을 그녀와 함께했고, 나 역시 그녀에게 업무적으로나 감정적으로 많이 기대고 의지하게 되었다.

그렇게 뜨거웠던 여름, 푸르렀던 가을이 지나고, 많은 직장인들이 한숨 돌릴 수 있는 연말이 찾아왔다.

크리스마스 연휴가 시작되기 직전의 금요일. 같은 시간에 퇴근하게 되어 사무실을 나왔다가 지하철역까지 십 분 정도 같이 걸어갔다.

주말에 뭐 해요?

금요일이면 으레 던지는 그런 질문에 그녀가 대답했다.

콘서트에 가기로 했어요.

다른 주말이었다면 그냥 넘어갔을 텐데, 크리스마스 연휴에 콘서트를 간다고 해서였는지 바보 같은 질문을 던지고 말았다.

　　누구랑요?

　　　　　　　　　아… 저 썸남이 생겼거든요.

　그녀는 최근 소개팅을 통해 만난 남자와 몇 번 더 만났고, 그 남자의 제안으로 콘서트에 가게 되었다고 말했다.

　　콘서트까지 같이 가는 거면, 마음이 있나 봐요.

　　　　　　　　근데, 저도 제 마음을 잘 모르겠어요.

　그렇게 한참 갈팡질팡한 마음에 대해 나에게 이야기를 해주는 그녀. 일단 콘서트를 갔다 와서 조금 더 생각해 보겠다는 말에, 나는 웃으며 잘 다녀오라 하고 그녀와 헤어졌다.
　홀로 집으로 돌아오는 길. 나는 한 걸음을 옮길 때마다 마음이 풀썩풀썩 무너져 내리는 걸 느꼈다.

왜 그때야 깨달았을까.

내가 그녀를 깊이 좋아하고 있었다는 사실을.

당장이라도 그 콘서트 가지 말라고 말리고 싶은 마음을.

썸남에게 마음을 주지 말라고 애원하고 싶은 심정을.

그때 마음을 먹었다.

만약 그녀가 그 사람과 사귀지 않는다면,

그녀에게 고백해야겠다고.

딱 한 번이라도 나에게 기회가 주어진다면,

이번처럼 바보같이 한 타이밍을 놓쳐 후회하지 않겠다고.

새해가 되고, 한참의 시간이 지나 다시 그녀와 이야기를
나누게 되었다.

그 썸남이랑은 어떻게 됐어요?

음… 잘 안 됐어요.

뭔가 마음이 잘 안 통했던 것 같아요.

하아… 저, 정말로 다시 사랑하고, 사랑받고 싶어요.

그 말을 들은 내가 처음으로, 그저 듣는 역할에서 벗어나 그녀에게 요구했다.

나랑 사귀어요. 내가 그 사랑 줄게요.

그렇게 우리의 상담은 끝이 났다.

무덤덤해진다는 것

　　　　　연애는 처음에는 낭만이지만 나중에는 현실이 되고, 결국에는 비극이 된다. 연애를 하면서 배운 가장 확고한 사실은 '모든 것은 무덤덤해진다'는 것이었다.

　　5초마다 핸드폰을 들여다보며 목이 빠져라 기다리던 그녀의 연락도, 손끝만 스쳐도 짜릿함이 온몸에 퍼지던 스킨십도, 세상에서 제일 귀여워 보이던 그녀의 밥 먹는 모습도, 처음엔 너무나 간절하고, 가질 수만 있다면 인생을 다 바칠 것 같았던 모든 것들이, 결국에는 무덤덤해지고 무감각해진다는 사실.

결국 그 무뎌진 감각을 참지 못하고 비극으로 연애를 끝내면서, 과연 내가 그 어느 연애에서 이 무거운 권태를 이겨낼 수 있을까 걱정이 되었고 두려웠다. 그 불안은 너무나도 커서, 그다음 연애에서 조금만 이러한 무덤덤함이 느껴져도 소스라치게 놀라며 도망쳐 버렸다. 낭만이 사라져 버린 연애를 도저히 받아들일 수가 없었던 것 같다. 그 건조하고 무감각한 회색의 시간들이 떠오르면 온몸이 굳어버리는 것만 같았다.

이러한 두려움을 떨쳐내기 위해서는 꽤나 오랜 시간이 필요했다. 어떤 특별한 계기가 있었던 것은 아니었다. 그저 그 시간을 천천히 돌아보니, 연애했던 모든 순간이 가장 생생한 나 자신이기에, 그 어떤 모습도 외면할 수 없다는 생각이 들었다. 그리하여 다음 연애를 하게 된다면 그 권태까지 받아들이기로 했다.

무덤덤해지는 순간이 올 것을 알기에 더더욱 그 첫 순간들을 감사하게 받아들일 것이다. 물불 안 가리고 기뻐하고, 뒤돌아보지 않고 달려들 것이다. 그리고 지루함이 찾아오면, 그것을 부정하지 않고, 그것 또한 연애의 한 과정임을 받아들일 것이다.

권태를 극복하기 위해 노력하겠지만, 그 방향이 처음의 설렘으로 돌아가는 쪽이 아닌, 우리가 다음 단계로 나아가야 함을 설득할 것이다. 오늘의 현실에 이어지는 것은 별반 다를 것이 없는 내일의 일상이라는 걸 인정하면서도, 내일도 그저 그런 하루를 당신과 함께할 수 있다는 사실에 감사할 것이다.

그리하여 다음 연애에서 내가 배울 것은

모든 것에 무덤덤해지더라도

꼭 그것이 ──

사랑의 끝은 아니라는 것이길.

연락

       친구 MJ. 그녀에게 애인이 생겼다는 소식을 듣고 'MJ 청문회'를 열었다. 몇 달 전까지만 해도 이별에 그렇게 아파했고, 바로 얼마 전에는 자신은 이제 사랑에 무덤덤해졌다더니, 별안간 연애를 시작했다고?

    소개팅에 지쳐 이제 그만해야겠다고 느낄 때쯤 정말 마지막이라 생각하고 나간 자리에서 만났다는 지금의 남자친구. 무엇 하나 튀는 것 없이 무척 평범한 사람인 데다 직장이 지방이라 무려 장거리 연애였다.

    도대체 그 남자의 어떤 면이 좋았던 거야?

진심으로 궁금한 마음으로 물은 질문에 MJ가 대답했다.

> 이 남자가, 매일 아침에 일어나면
> 나한테 전화를 해주더라구.

그 말을 들었을 때 처음엔 '고작?'이라는 생각이 들었지만, 이내 뒤통수를 세게 얻어맞은 것 같은 멍함이 찾아왔다. 출근하느라 1분 1초가 정신없는 아침인데, 하루도 빠지지 않고 매일 매일 전화를 하고 연락을 하는 사람. 이보다 더 괜찮은 사람을 상상하는 것이 어려웠다.

연인 사이에 가장 많이 하는 행위가 무엇일까? 그것은 아마도 '연락'이 아닐까?

처음의 설렘이야 누구에게나 강렬한 것이다. 그래서 연애 초기엔 무리하고, 평소에 안 하던 행동을 한다. 하지만 그 시기가 지나 연애가 일상이 되었을 때, 그때 두 사람을 이어 주는 것은 바로 한결같은 '연락'이다. 내가 지금 무엇을 하고 있는지 공유함으로써 상대방의 불안감을 지워주고, 상대방의 안부를 물음으로써 관심과 애정을 표현하는 것. 그것이 매일의 일상에서 반복적이고 안정적으로 이루어질 때, 우리는 비로소 연애의 다음 단계로 넘어갈 수 있는 것이다.

매일 아침 일어나서 전화해주는 사람.

어디에 갈 때마다 문자나 카톡으로

상대방에게 알려주는 사람.

점심 먹었다고, 퇴근한다고, 운동 간다고,

시시콜콜한 일상의 시간표를 상대방에게 공유해주는 사람.

그리고 당신은 무엇을 하고 있는지 물어봐주는 사람.

멋진 MJ의 남자친구 이야기를 들으며, 나도 다음번 연애를 하게 되면 꼭 한결같이 연락하는 사람이 되어야겠다고 생각했다.

열 번 찍어
안 넘어가는 나무 없다?

　　네 명이 넘어가는 회식 자리는 언제나 부담스럽다. 단체로 출장을 갔음에도 불구하고 그날은 지쳐서 따로 밥을 먹겠다고 일찍 나왔다. 고맙게도 한 동료가 같이 나서 주었다. 대화는 언제나 이렇게, 얼굴과 얼굴을 맞대고 둘이서 하는 게 가장 좋은 법이다.

　　나이도 비슷하고 둘 다 미혼이기에, 역시나 이야기는 서로의 연애사와 요즘의 근황으로 흘러갔다. 순수한 사랑을 바라면서도 남부러울 것 없는 인기를 누리며 살아가는 그녀와 달리, 굴곡진 나의 짝사랑 이야기를 듣던 그녀가 말했다.

수많은 도끼질을 당했을 법한 분이 그런 말을 한 것은 조금 의외였다. 모든 건 맥락이 중요하다고, 그래도 그 말 안에는 '당신은 누군가에게 다가갔을 때, 그 마음이 전달될 수 있을 만큼 충분히 괜찮은 사람입니다.'라는 위로가 담겨 있어 고마웠다. (꿈보다 해몽. 어쩌면 나만의 생각일 수도 있다.)

비루한 내 인생, 단 한 번도 짝사랑에 성공한 적은 없었다. 옛날엔 말 한 번 꺼내지 못하고 그저 스스로 마음을 정리했지만, 그래도 최근엔 어떻게든 내 마음을 표현해보려고 노력한다.

하지만 결과는 크게 달라지지 않았다. 정중한 거절들에 이제는 익숙해질 법도 하건만, 여전히 받아들여지지 못하고 남은 마음은 초라하고 슬프다.

그럼에도 불구하고, 나를 포함한 많은 이들이 '열 번 찍어 안 넘어가는 나무 없다'는 말을 놓지 못한다. 실제로 내 주위에는 그러한 스토리들이 참 많다.

지금 남편에 대해서 처음 만났을 때에는 인상이 진짜 별로였다고 회상하는 이들이 몇이나 된다. 몇 년을 대시해서 결국 결혼에 골인했다는 무용담(?)을 자랑스럽게 이야기하는 친구도 있다. 사람의 마음은 움직이는 것이기에, 계속 노력하면 언젠가 돌아서는 순간이 올 거라는 막연한 기대. 지금껏 한 번도 일어나지 않았지만, 언젠가 딱 한 번은 일어날지 모른다는 희망 고문. 그래서 오늘도 바라는 이의 마음을 향해 도낏자루를 만지작거린다.

찍어 넘어간 나무엔
—— 생명이 없잖아요.

짝사랑을 고백하고 얼마나 끈질기게 그 사람에게 애원했느냐를 물어본다면, 나는 그러지 못했다. 그러지 않으려고 했다. 일방적으로 전달하는 마음이 어쩌면 폭력이 될 수 있다고 생각했다. 그 사람과 나는 학교에서든 교회에서든 회사에서든 모임에서든 어떠한 관계의 그물망 안에 있기에, 계속 상대방에게 애정을 요구하는 것은 그 사람에게는 불편하고 괴로운 강요가 될 수 있다고 생각했다. 그렇게 얻어진 애정이라면 과연 거기에 진실한 마음이 담길 수 있을까에 대해 의심이 들었다.

수많은 대시 끝에 성공한 사랑? 그것을 '사랑'이라고 말할 수 있는 것은 결과론에 불과하다고 생각했다. 어떤 타이밍과 결정적인 계기가 있었기에 상대방도 그 마음을 받아준 것일 텐데, 그것은 정말 희귀하고 극적인 일이라는 것. 마치 성공한 이들이 쓴 자기계발서처럼, 이루어졌기에 남 앞에서 말할 수 있는 스토리라고 생각했다. 모든 자기계발의 이야기가 그렇듯이, 그대로 따라 한다고 다 성공하는 것은 아니다. 단지 드러나지 않을 뿐, 그렇게 애원하고 매달렸음에도 실패한 이야기는 더더욱 많을 것이다. 단지 드러나지 않았을 뿐, 어쩌면 그 일방적인 감정의 몰아침으로 인해 고통을 겪고 괴로움에 시달린 이들도 못지않게 많을 것이다.

누군가는 노력하는 것과 강요하는 것은 다르다고 말한다. 하지만 그것은 감정을 전달하는 사람의 입장이 아니라, 그 마음을 받아야만 하는 사람의 입장에서 생각해야 한다. 짝사랑하는 입장에서야 그 모든 것이 순수한 마음이고 애틋한 감정이겠지만, 받아들이는 입장에서는 오히려 일상의 붕괴를 가져오는 폭력일 수도 있다는 사실에 민감해야 한다고 생각했다.

그래서 항상 고백하고 거절을 당하면, 되도록 빨리 잊어버리려고 노력했던 것 같다. 그것이 나와 그 사람 모두에게 좋은 것이라 생각했다. 사랑하는 것만큼이나, 포기하는 것도 상대를 위하는 마음이라고 생각했던 것이다.

근데, 정말

열 번을 찍었더라면

—— 넘어갔을까요?

동료분의 말을 들으니 문득 그런 생각이 들었다.

그때 내가 포기한 것이 정말로 맞는 선택이었을까?
만약 내가 더 노력했더라면,
더 끈질기게 설득했더라면 결과가 달라질 수 있었을까?
나도 그 성공한 짝사랑 이야기의 주인공이 될 수 있을까?

여기에 대한 정답은 없다. 모든 것은 맥락이고,
누군가에게는 맞는 말이
누군가에게는 맞지 않는 말이 될 수도 있다.

그저 언젠가 한 번쯤은, 딱 한 번만이라도 누군가에게,
똑똑똑 두드려주고, 힘차게 도끼질해주길 바라는
그런 사람이 될 수 있기를 바랄 뿐이다.

처음
    뵙겠습니다

연애는 오감으로 하는 것이다. 케이스가 다양하지만, 소개팅을 예로 생각하면 명확해진다.

소개팅에서 가장 먼저 주고받는 것은 사진이다. 물론 그 것은 현대 과학에 의해 왜곡된 것이긴 하지만, 모든 관계의 시작은 시각일 수밖에 없다. 인간의 가장 주된 감각은 결국 시각이기 때문이다.

그리고 그 사람을 직접 만나 처음 듣는 것이 그 사람의 목소리이다. 문자나 카톡이 없던 시절에는 미리 전화 통화로 목소리를 듣는 경우도 있었겠지만, 요즘에는 만나기 전에 전 화하는 것이 오히려 실례인 경우가 많다.

그리고 소개팅은 십중팔구 먹는 행위와 함께 진행된다. 다른 감각과 달리 직접적으로 상대방을 느끼는 감각은 아니지만, 우리의 데이트에서 식사나 티타임이 빠지지 않는 것을 보면, 미각 역시 관계를 둘러싼 중요한 감각임이 분명하다.

후각은 좀 더 깊은 관계를 위한 감각이다. 그 사람의 체취, 냄새를 느끼는 것은, 그만큼 그 사람과의 거리가 가까워져야 한다는 뜻이기 때문이다.

그리고 가장 깊은 관계, 연인이 된 사람들만이 느낄 수 있는 것이 바로 상대방의 촉감이다.

이처럼 연애란 우리가 가진 감각을 하나하나 상대방에게 오픈하는 과정인 것이다. 모든 순간이 다 짜릿하고 행복한 것이지만, 한 사람을 직접 마주한 순간 듣는 것이 그 사람의 목소리이기에 청각은 우리의 실존이 연결되는 순간 사용되는 감각이다.

특히 요즘엔 SNS에 올라와 있는 사진과 이미지가 흔하고 쉽게 접근할 수 있기에, 서로의 목소리를 처음 듣는 순간이 관계의 가장 극적인 순간이 아닐까 싶다. (물론 유튜브의 브이로그 같은 것이 지금의 SNS를 대체한다면, 상황이 바뀔 수도 있겠지만)

사진에 비친 그 사람의 얼굴과 모습을 보며, 이 사람은 어떤 목소리를 가지고 있을지 상상해보는 것은 즐겁고도 설레는 일이다. 그리고 언제나 직접 만나서 듣는 그 사람의 목소리는 나의 예상을 벗어나 있고, 그 의외성이 바로 관계를 더욱 풍성하게 해주었다.

소개팅의 목적이자, 모든 관계의 첫걸음은 여기에서 시작된다.

―― 처음 뵙겠습니다.

엄마와
고구마대

연휴라서 고향에 내려왔다. 모처럼 온 가족이 모여 아빠 동료 분들이 살고 계시는 영암 시골에 다녀왔다. 더운 날씨에 정자에 다 같이 누워 노닥거리는 와중에도, 동료 분 밭에서 고구마대를 한가득 걷어 왔다. 더위에 뒤척이던 밤을 보내고, 볕이 더 뜨거워지기 전에 광주로 돌아왔다.

점심을 먹고 지난밤 부족했던 잠을 충분히 보충하고는 에어컨이 빵빵한 거실로 나와 앉았다. 엄마가 혼자서 어제 걷은 고구마대를 펼쳐놓고 다듬고 계셨다. 나도 TV만 보고 있기 뭐해서 엄마를 거들고 나섰다.

노닥노닥.

급할 것 하나 없기에 고구마대를 까며, 드라마를 보며 그렇게 엄마랑 마주 앉았다.

그러다 엄마의 조심스러운 물음.

아들, 요즘 만나는 사람은 없고?

'실은 작년에 소개팅 몇 번 했는데 잘 안 됐어요.
소개팅에 나온 분들은 다 좋았는데
이상하게 상황 때문인지 마음이 안 가더라고요.
그러다가 우연히 좋은 분을 만나 짧게 연애도 했어요.
근데 장거리 연애였던 탓인지 길게 못 만나고 헤어졌어요.
헤어지고 조금 힘들었는데,
엄마 걱정하실까 봐 일부러 말 안 했어요.
나 힘들어하는 거 알면, 멀리서 엄마도 힘들어하실 거잖아요.
중간중간 마음에 드는 사람 만나면 슬쩍슬쩍 짝사랑도 해보지만,
다들 짝이 있거나 저 좋다는 사람은 없더라구요.
저도 매일매일 사랑하고 싶어서,
좋은 사람 만나고 싶어서 애를 태우는데…'.

네, 뭐 별일 없어요.

삼십 대 중반, 여자 친구도 없는 아들을 둔 엄마의 마음은 어쩔 수 없이 조금씩 조급해지나 보다. 아니, 어쩌면 아들이

불편해할까 봐 말씀은 안 하시지만 이미 속은 까맣게 타들어가고 계실지도 모르겠다.

이번처럼 온 가족이 여행을 갈 때마다 "아들 딸 결혼하면 이렇게 우리끼리 여행 갈 일도 없겠지."라고 좋아하시면서도, 매일매일 아들 딸이 좋은 사람을 만나 행복한 삶을 살기를 기도하신다는 어머니.

스윽 스윽 벗겨지는 고구마대를 다듬으며 엄마한테도 행복이 될, 좋은 사람을 빨리 만나야겠다고 생각해본다.

여럿이 모여서 왁자지껄 떠드는 자리보다는, 단둘이서 두런두런 속 깊은 얘기 하는 걸 좋아하는 성격이기에, 동성의 친구보다는 이성의 친구가 항상 더 많았다. 그녀들은 나를 격의 없는 친구로 여겼던 것 같다. 본인들의 삶에 대한 이야기뿐만 아니라 연애 이야기, 여자로서 겪는 직장과 사회에서의 이야기에 대해 스스럼없이 들려주었다.

그렇다면 나 역시도 그녀들에게 그런 마음이었느냐고 묻는다면, 거기에는 선뜻 그렇다고 대답하기가 어렵다.

여사친,

그 관계는 내게 ——

항상 어려운 숙제였다.

가장 내 마음을 괴롭혔던 것은 역시나 그녀들의 연애였다. 세상 모두가 연애하지 않고 그냥 친구 관계였다면 차라리 좋았을 텐데. 몇 년을 알고 지내고, 어려울 때 돕고, 힘들때 곁에서 응원과 지지를 보냈던 내가 아니라, 만난 지 며칠 되지도 않은 어떤 녀석이랑 손을 잡고, 키스하고, 잠자리를 갖는다는 것이 몹시나 짜증이 났다. 꼭 내가 그녀와 그렇게 하고 싶다는 건 아니었지만, 나는 친구라는 이유로 넘지못했던 선을, 애인이라는 이유로 쉽게 허락해주는 그 상황이몹시도 분했던 것 같다.

다음으로 곤란했던 것은, 어느 날 내 마음이 친구의 선을넘어 그녀에게 이성의 감정을 갖게 되었던 때였다. 이건 사랑에 관한 가장 얄궂은 버릇이었다.

나는 첫눈에 누군가에게 빠지는 경우보다, 조금씩 가까워지고, 친구의 관계를 가지고 있다가, 그 마음이 차곡차곡 쌓여 어느 순간 이성의 감정을 갖게 되는 경우가 많았다. 알고지낸 지 짧게는 6개월에서 길게는 2년이 넘는 어느 날, 갑자기 그녀에 대한 감정이 다른 차원으로 넘어가는 것이다. 드라마나 영화를 보면 그렇게 오랜 시간 알고 지내다가 연인이 되는 것을 무척 로맨틱하게 그리곤 한다. 하지만 현실에서 그런 일은, 아니 적어도 나에게 그런 일을 단 한 번도 일어나지 않았다.

예전에는 고백조차 하지 못하고
그냥 혼자서 마음을 정리하곤 했다.
그래도 최근에는 고백은 해본다.
하지만 결국 그녀와 서먹해져서
관계가 멀어지는 건 같은 결과였다.

과연 여사친과 나의 관계가 언제까지 지속될 것인가에 대한 회의감이 깊다. 어떤 여사친이 결혼을 하면, 그녀와 만나 이야기를 나누는 건 청첩장을 받는 자리가 마지막이곤 했다. 그러다 언젠가 내가 결혼을 한다면, 아마 내 모든 여사친들과 다시 만나 진솔한 이야기를 나눌 일은 없을 것이다. 그러니 이 여사친, 남사친의 관계라는 것이 얼마나 허무한 것인가.

괜히 울적해지는 이 밤, 여사친 누구에게도 연락하지 말고, 얼른 맥주 한 캔 마시고 잠들어야겠다.

연락2

하루에 10분도 나랑
통화할 시간이 없다면,
그건 시간이 없는 게 아니고
마음이 없는 거야.

어른의
이별

　　　　　　어른의 연애는 이전의 연애들보다 상대적으로 짧게 끝난다. 그것은 연애를 지속할 것인가 말 것인가의 기로에 놓였을 때 이 사람을 지금도 사랑하느냐가 아니라, 이 사람과 결혼을 할 수 있느냐로 판단하기 때문일 것이다. 평생 같이 살 자신이 없다면, 최대한 빨리 놓아주는 것이 어른 연애의 에티켓인 세상이다.

　　그래서 우리는 흔히 어른이 되어 연애하면 어렵게 만나서 '쉽게' 헤어진다고 말한다. 하지만 판단의 기준이 다를 뿐이지, 내가 괜찮은 것은 결코 아니었다. 오히려 그 반대였다. 아직 그 사람에 대한 감정이 남아 있는 상태에서, 더 먼 미래를 생각하며 연애를 끝내려니 더더욱 괴로웠다. 오롯이 내 마음과 그 사람을 향한 애정의 유무가 이별의 판단 기준이 아니었을 때 찾아오는 자괴감은 나를 슬프게 만들었다.

정리되지 않은 감정은 예상치 못한 방법으로 요동쳤고, 그러한 연애와 이별이 반복될수록 내 마음이 왜곡되어 가는 것을 느낄 수 있었다. 마음이 다 아물기도 전에 그 위에 억지로 새로운 연애라는 연고를 바르고, 얼마 못 가서 다시 거기를 벅벅 긁어서 피가 나고, 덧나는 일이 반복되었다.

더 늦기 전에 좋은 사람 만나 결혼해야 한다, 어른 연애의 전제는 결혼이다, 아닌 것 같으면 빨리 헤어지고 다른 사람을 알아보라. 주위에서 울려대는 타인의 목소리를 따라 정신없이 사람을 만나다 보니 어느덧 나는 결코 바라지 않았던 아주 이상한 사람이 되어 있었다. 그렇게 망가져 버린 나는 더 이상 나아갈 수 없었다. 거기서 멈춰 섰다.

스스로가 망가져 버렸다는 것을 깨닫고 가장 먼저 했던 일은 '내가 아프다'는 것을 인정하는 일이었다. 어른의 이별이 결코 '쉽지' 않다고.

나에게도 충분히 아파할 시간과
마음을 정리할 시간이 필요하다고.

그다음의 사랑은

이 상처가 다 나은 후에 해도 괜찮다고.

아니 ── , 그래야만 한다고.

　사회적으로 주어진 시간의 압박은 끊임없이 마음을 조급하게 만들었지만, 그래도 더 먼저 살펴야 할 것이 있었다. 그 시간이 없었다면 더 오랫동안 새로운 사람을 사랑할 마음을 일으켜 세우지 못했을 것이다.

　누군가 어른의 연애를 끝낸 이가 있다면 꼭 말해주고 싶다. 많이 아플 거라고. 아파해도 괜찮다고. 그렇게 아파하는 시간을 겪어야 다음 사랑을 할 수 있다고. 어른의 이별이라고 해서 다르지 않다고.

헤어진 다음날도 출근하는
당신과 나를 위하여

누군가가 나에게 "책 출간 이후 지난 몇 년간 어떻게 지냈어요?"라고 묻는다면 이렇게 대답할 것이다.

'사랑'하고

'이별'하고

'출근'했습니다.

두 번의 고백과 두 번의 거절, 그리고 두 번의 짧은 연애와 두 번의 이별을 경험하였다. 그리고 매일매일 삶이 시작되는 현장에서 내게 주어진 일을 묵묵히 감당하였다. 그 경험 중 일부는 글로 남겼으나, 대부분은 기록하지 않았다. 그럼에도 이 책에 담은 모든 글은 그렇게 사랑하고 상처받았던 매 순간들의 진심을 가득 담아 한 줄 한 줄 엮어낸 것이다.

〈서른의 연애〉 초판은 이렇게 끝난다.

그리고 만약 이다음에 또 책을 쓰게 된다면,
그 내용은 내가 한 사람을 만나 온전히 사랑하고,
사랑하면서도 아파하고,
그러면서도 더 깊이 사랑하는 이야기이길 바란다.
서른의 사랑, 서른의 결혼.
꿈꾸는 모든 아름다운 것들이 내 삶에도,
당신의 삶에도 찾아오기를.

저기서 방점은 '한 사람'이었는데, 안타깝게도 나는 저 바람을 이루지 못하였다. '서른의 결혼'이 이토록 큰 꿈이었을 줄이야! 바랐던 그 사랑은 아직 만나지 못했지만, 지난 시간 동안 남긴 글 하나하나를 보듬고 쓰다듬다 보니 열심히 살고, 사랑하고, 아파했다는 사실에 감사하고 안도하게 된다.

첫 책을 마무리할 때에는 '결과'에 집착했다면, 지금에 와서는 이 모든 것이 '과정'이라는 생각이 든다. 그러니 여기서는 다음 이야기는 어떤 것이기를 바란다는 말은 하지 말자.

그저 진심으로 오늘 하루를 살다 보면,
또 어떤 이야기가 당신과 나의 삶에 쌓여 있을 것이고,
그것을 웃으며 나눌 수 있다면
나는 그것으로 만족할 것 같다.

좋은비

서른의 연애

그리고 그 이후의 이야기

1판 1쇄 발행 2018년 2월 1일
2판 1쇄 발행 2021년 4월 7일

지은이 좋은비
펴낸이 조윤지
P R 유환민
디자인 지완
일러스트 김상현 berzenz@gmail.com

펴낸곳 책비(제215-92-69299호)
주소 (13591) 경기도 성남시 분당구 황새울로 342번길 21 6F
전화 031-707-3536
팩스 031-624-3539
이메일 readerb@naver.com
블로그 blog.naver.com/readerb
포스트 post.naver.com/readerb

'책비' 페이스북
www.FB.com/TheReaderPress

책비(TheReaderPress)는 여러분의 기발한 아이디어와 양질의 원고를 설레는 마음으로 기다립니다. 출간을 원하는 원고의 구체적인 기획안과 연락처를 기재해 투고해 주세요. 다양한 아이디어와 실력을 갖춘 필자와 기획자 여러분에게 책비의 문은 언제나 열려 있습니다.
• readerb@naver.com